フェイク広告の巨匠

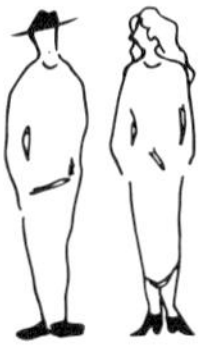

牧野楠葉

幻冬舎MC

フェイク広告の巨匠

目次

フェイク広告の巨匠　3

蛸やったら、　79

くらくらと美味しそうな黄色のイチョウ　91

くたびれもうけ　101

新代田から　111

フェイク広告の巨匠

ぬるく湿った洗濯物を干していると、向かいの中華屋が開店したのがわかった。だからおれはそろそろ出なきゃ定時に間に合わないと慌てて部屋に引っ込み、適当なTシャツに着替えた。

事務所の近くには中学校があって、いくつもの灰色のズボンが歓声とともにサッカーボールを追って駆け巡っていた。おれはそれを見ながら早歩きで向かった。生徒たちの植えたカシの葉っぱが陽の光を浴びて虹色に照っていた。その周りを小さなエメラルドブルーの蝶が二羽、飛び回っていた。いい朝だった。

ちょうど、その日だ。ミニは革ジャンと尻が見えそうなスカートで、しかも美しく長い金髪が似合っていたとき、突然やってきた。それが二年前の四月のことで、まだ仕事の事務所が薄汚れたアパートの一室だったころだ。

そして、面接室から何か急いでいるように出てきて「来週からよろしくお願いします！」と頭を下げ、乱暴にドアを閉めて、出ていった。それが、おれとミニの、最初の出会いだった。なんでそんな切迫した顔をしているんだろうと思ったのをおれは覚えている。

彼女はまだ二十四歳で、若くて、綺麗だった。本名、栗原ミニ子。名前とは対照的に背の高くスレンダーな彼女は同僚から親しみを込めてミニさん、ミーちゃんと呼ばれ、当時二十八歳だったおれは兄妹のように仲良くなったから、ミニと呼ぶことになった。席はおれの向かいになった。

ミニが出ていってから、同僚たちが騒然としたのを覚えている。なんだあの娘《こ》、来週からよろしくって働くの？　今日一次面接だけだったはずだよね？

面接室から出てきた代表はボソッと言った。

「なんかあの娘の勢いが凄くて、雇っちゃった……」

同僚たちは笑った。

「確かにパンチ、ありましたね！」毎朝五時まで酒を飲んでいる赤ら顔の村本さんが言った。

「でもライターとしてはいいんじゃないですか？　デビューしたとはいえ、売れない小説家だし、お金もなさそうで、交通費だけ握りしめてきたんですよ、彼女。代表に十万貸してくれたら全力で働くって言ってたじゃないですか。根性はあると思いますけど、代表の求めるような。でも煙草と酒の匂い凄かったですね。朝まで飲んで面接に来たんですかね？」

ライターのボスである真木《まき》さんは極めて冷静に言った。

おれたちの仕事は運用型アフィリエイト広告といって、わかりやすくいえば絶対瘦せないサプリや着圧ガードルで激瘦せするとか、絶対巨乳にならないサプリやブラジャーで爆乳化するとか、絶対シミの消えない化粧品でシミが消える記事を運用して、その商品が売れたら広告主からアフィリエイト報酬を貰うというものので、四十代以上のいわゆる情報弱者を狙った新手の情報商材屋みたいなものだった。「絶対儲かりますよ」という詐欺情報で金を毟《むし》り取る情報商材と、「絶対瘦せますよ」というサプリで金を毟り取る運用型アフィリエイト広告は、実際モノがあるかないかだけで、ほとんど同じだった。そして他社の商品でなく、それを自社で作って売ったりもしていた。

おれたちは完全なアンダーグラウンドだった。おれたちは大学の三回生がこぞってインターンに行きたがる広告代理店のブランディング広告と真逆の世界にいた。こういったバカみたいな広告を打ちまくって商品を売りさばくネットワークビジネスなんか、金儲けを目的とする以外の何ものでもなくて、それが全く才能も財産も知恵もない人間が成り上がるための賤《いや》しい最終的な手段でしかないって心底わかってはいたけれど、ミニはこの業界にいる誰よりも上手に嘘をついた。詐欺をした。おれたちの売り上げが伸びるたびに、おれたちが歓喜の顔をするたびに、彼女は求められるなら、と必死で、もっともっと華麗に嘘をついた。おれはこんなクソみたいな業界と思いながらも、その完成度の高い嘘のセンスと才能に惚れ込んでいたのは事実だ。ミニの書くものはただ肥満体型の女性が痩せたりシミが消えたりするだけの記事や漫画ではなかった。「肥満体型の主人公が十三年片思いしている男性と爽やかな春の風が吹くある日バイクデートの約束をしていて、後部座席に乗っている自分の体重のせいでバイクがぐらついてガードレールに突っ込んで死ぬ……そしたら時間が巻き戻って、デート二週間前の自分に戻っていた（しかも一度死んだ記憶は持ったまま）」とか、「離婚した元旦那が大手化粧品会社の主任研究員で、家庭を全く顧みずに没頭して作っていた化粧品の試作品がようやく完成したから、まだ愛している君にこれを初めて使う女性になってほしい……と頼まれる」みたいな始まり方だった。どの記事も、漫画も。毎回それを読んだおれたちは「ナニコレ!?」状態だったんだが。

要するに、ミニの書き方は広告のセールスライティングのどの型でもなかった。

通常はPASONAといって、例えば「あなたはシミに悩んでいませんか？（問題の明確化）」「放っておくと大変なことになりますよ（問題点のあぶりだし）」「シミにいい〇〇という商品があります（解決策の提示）」「三十名分だけの用意があります（緊急性を煽る）」「いますぐご連絡ください（行動を促す）」――というのがいわゆる広告のセールスライティングの型としては最も有名なもので、それが使われることがほとんどなんだが、ミニは完全に自分の型で勝負していた。この業界にいる誰ひとりとして、ミニのような広告は書けなかった。だからこそ商品は毎日飛ぶように売れ続けた。そして彼女は小説界ではなくこのフェイク広告界の中で、とてもとても有名人になった。彼女も、魂を叩き売って書いた記事をうまく利益にする運用マンとしてのおれを尊敬してくれた。運用マンの主な仕事は、大量にある広告出稿のできるメディアを、獲れるメディアと獲れないメディアに判別すること（業界用語で『良好枠』『ゴミ枠』と呼ぶ）。そして日毎の効果に合わせて計算して、枠に対して適切な入札価格を入れたり、――昨日まで良好枠だったのに今日は全然商品が売れないゴミ枠になっていることなんかザラにある――ひとがクリックして購入したくなるクリエイティブ画像――例えば汚く垂れ下がった腹とか——を大量生産することだ。おれは彼女の書いたものをせめて金ぐらいにはしなければならないと義務感を持っていた。お互いそう思っていたから、当然距離が近くなった。『佐藤さん』から『佐藤くん』、になった。ときには『おいそこの天才運用マン』とか呼ばれることもあった。

でも彼女があれだけの嘘をつけたのは素晴らしい小説家だったからだ。おれはネットで読める彼女の短編をひとつだけ読んだ。その短編の主人公は、おれだと思わされるほどの思考で動いて、思わず息をのんだ。それは『かたつむり』というタイトルだった。市役所で真面目に働く四十過ぎの男の唯一の趣味は、狭いワンルームで大量のかたつむりを飼うこと。男はそののろさとへんちくりんな形状に異常な執着を持っていた。幼少期に女の子に虐められて、男はこれまで女性経験もなかったし、そもそも人間に興味もなかった。だが、家の近所に新しくできたバーにふらっと入った先で美しい女性に出会い、話も弾んでいい雰囲気になり、『この女性だったら』自分の部屋を見せてみてもいいんじゃないかと男は思う。しかし女性は男の大量のかたつむりたちを見た瞬間悲鳴をあげ、そそくさと家を出ていってしまう。男は夜が完全にふけてしまうまで自分の愛したかたつむりたちをゆっくりと観察して、それからおもむろに立ち上がり、全てのかたつむりに火をつける——。

ひとが怖くて、自分の本当の気持ちなんかとても見せられなくて、でも見せたら見せたで相手に非現実で過剰な期待をし、0か100かの応答を常に求めて結局自分も相手も疲弊してしまう——『あれ』はおれの物語だった。おれはそもそもひとがそこまで好きなほうではないし、これまでの体験から、もう二度と自分の素を見せることも、その意味もないと思っていた。正直もうこりごりだった。なぜならひとは裏切る。父さんは「二度と酒を飲まない」と言ったけれど酒を飲んで暴れたし、結婚しようとしていた過去の女たちはおれが仕事で疲れている隙に違う男と寝た。

おれは子どもの頃、こいつはとにかくゲームがうますぎる！　と軽く恐れられていた。だが家にゲームをしにきた友人たちは、父さんのがなり声や居心地の悪さのせいで、「悪いな」と言って帰っていった。大人になって女に裏切られたときは同僚たちに「お前が放っておくからそんなことになるんだ」と笑われた。とにかく他人のやったことで自分が恥をかくなんてもうまっぴらだったし、それだったら最初から誰とも深く関わらないほうがいい。

そしてミニは――あれだけのものを書ける小説家だからこそ、自分が生み出した汚い金の分、ちゃんと壊れていくことになった。代表がミニに期待して、それに全力で答えるうちに過剰に痩せていくのがわかったから、おれはあくまでもひとりの同僚として少しでも元気づけたくて、何かかける言葉を探した。ミニが壊れていくのがわかったからだ。だからおれは〝寝れてるか？　食ってるか？〟という個別チャットを昼休み自分のＭａｃＢｏｏｋ　Ａｉｒで小説を書いているミニに飛ばしてみると彼女はすぐにそれに気づいたようで、

〝佐藤くんあたしのこと心配してくれてるんですよね？（笑）　急に心配しちゃって。あたしが痩せてくから？　でもあたし、佐藤くんのためやったらヤフーニュースの捏造でもなんでもしますよ、まだ大丈夫です〟と返ってきた。そして、〝言うタイミングなくて言わなかったんですけど、あたし佐藤くんの作る売上表の細かさ、凄い好きなんです〟とも。

モニター越しにミニを見ると、彼女はいつもその薄い茶色の瞳に憎しみを込めて、歯を食いしばり自社や他社商品のフェイク広告をガシガシと打ち込んでいた

のに、八重歯を見せて笑っていた。

〝佐藤くん背は高いけど結構ジャニーズみたいな童顔だから、なんかそういう、後輩を心配するみたいな立場の人じゃないと思ってました（笑）勝手な捉え方してすみません。〟

ミニは決まって政治家の愚かなニュースとか、子どもの虐待ニュースとか、パワハラとか、そういうクソみたいな事件にどうでもいいダイエットサプリや化粧品の画像を貼りつけ、文言をソースコードから変えて、『革命的なダイエットサプリの開発』やら『シミの原因であるメラノサイトを無力化!?　薬用プラセンタのナノ化に成功』やら、とにかくなんでもやった。

胸糞悪いニュースばかりを捏造していたのは、本当に一番解決しなくてはならないこと、つまりミニ自身の問題――に対して見て見ぬふりをする悪い癖だとあとから気づいた。だけど、このフェイク広告界の中であまりにも魅力的な嘘をつき続けるミニ。この時点で、おれの人生の中でもうミニは意味を持っていた。彼女は同僚や外部の代理店の人間から、『フェイク広告の巨匠』と呼ばれた。誰が最初に言い出したのかはわからないが、小説に燃えていたミニが一番呼ばれたくないであろう称号だった。その周りにいるやつは大抵下衆で、金に汚くて、どうしようもなくて、購入者を『偏差値四十』と真顔で言うようなクズで、でも、ミニもおれも、確実にその一員だった。

ある朝おれは、社宅のポストに痩せなかったひとたちからの怒りの手紙が大量に突っ込まれていたのを見て、天を仰いだ。おれの社宅の住所は絶対に痩せないダイエットサプリを販売している住所に登録されていたから、おれたちが売れば売るほど手紙の数は増えた。おれは、そっと息をついた。

〝今日の夜カラオケ行きません？〟

おれはなんとなくチャットを飛ばしてみた。

おれたちは毎週行くようになった。

場所は決まって歌舞伎町のカラオケ屋だった。会社から近いっていうのもあったし、おれは前職でスマホの販売員をやっていたから、そのスマートパスってやつに加入していたら使えるカラオケ屋のクーポンを持っていた。店の前の道路に汚いダンボールを敷いた老若男女がチューハイのロング缶を持って謎の集会をしているのを尻目に、おれたちは活きのいい魚みたいにカラオケ屋に飛び込んでいった。ミニは部屋に入るとすぐマイクを握りしめて小さく「ら、らら、ぁあ、」と音量を確認しながら細っこい体で電話のあるほうに歩いていって「ハイボールお願いします」と言った。そして自分が歌い終わったあとすぐに「ハイボールお願いします」とあらかじめその行動をプログラミングされた機械のように繰り返すから一滴も飲まないおれは面白くて仕方なかった。酒を飲んだ彼女は頻尿になるから、すぐドアを開けてトイレに駆け出していくその後ろ姿をおれはいつまでも眺めていられるような気がした。そして酒が進むたびわかりやすく口調がだらしなくなっていくミニといつまででも話していられそうな気がした。それぐらいミニといると楽しかった。

でもミニとカラオケに行くときはいつでも一時間半と短くて、後奏カットでバシバシ曲を入れていかないと二人ともストレス発散するまで歌えなかった。一時間半っていう時間縛りは、おれが会議の資料を翌日までに作らなければならなかったからだ。水曜日は毎週の売り上げを報告するネットワーク会議があって、カラオケ屋のクーポンが使えるのは火曜日だけだったからおれは一時間半のカラオケを終えてから仕事を片づけに会社に戻ることも多かった。

おれはたまの読書とカラオケには命をかけていた。ＹｏｕＴｕｂｅにあがってるボイストレーニングの動画を見て部屋で練習したり、ヴィジュアル系バンドが好きだから、それらをしっかり歌えるよう、高い声や裏声を出すために仕事中筋トレをしたり。したいと思ったタイミングで突然筋トレを始めるから同僚には引かれていたけど、体をしっかり鍛えないと出せない声がある。ミニはおれが筋トレを始めるとなぜか黙って写真を撮り始め、おれに消せと追いかけ回されるというのが毎日のルーティーンになっていた。

ミニの歌で初めて知った歌手や曲はたくさんあった。その歌手が東京都のために書きおろした『東京と今日』という曲だ。ミニが煙草のせいで掠れた声を震わせその曲を歌うたびにおれの心は締めつけられた。広島から東京に出てきて、おれは何をしてんやろな？　ミニも、兵庫から何もなくてなんでもある東京に出てきて、何をしてんねやろな？　と心底思いながら歌っているのがわかったからだ。あと忘れてはいけないのはＹＵＩの『ＧＬＯＲＩＡ』だ。夢中になれなきゃ嘘ね、の部分を、彼女はとても切実に、泣きそうになりながら歌った。おそらく頭の中には、この仕事のせいで物理的にも精神的にも書き進めることのできていないない、夢中になれていないない、未完の小説のことがあったんだろう。でもおれはミニとやる仕事に夢中だった。小説家であるミニだって、葛藤を抱えながらも売り上げを立てるのに夢中だった。なぜあれだけ夢中だったのかは今でもわからないけど、何億というとんでもない金額が並ぶ売上表を見ると、心の空洞が少しでもマシになるような気がしていた。

数字だけを見て仕事をするのはダサいけど、おれたちの間には確かなバイブスがあった。実際おれはミニのことを妹のように思っていたし、ミニもおれのことを兄貴みたいに思っていてくれたんだろう。でも、別の環境で、別の職種で、一緒に働くことができていたらと考えざるを得なかった。今考えるとおれたちはカラオケに行くたびに、曲を通じて魂を共有していたんだと思う。

ミニは本当にいい声をしていた。

その帰り道、ミニは付き合っている四十才の男の子ども、それも一度も会ったこともない子どもの養育費を払っているという衝撃の話をした。

「子どもに罪はないですから」とミニは言ったけど、そのときおれはもっと想像すべきだった。ミニがどんな生き辛さを抱えていたのかを。そしたら止められたかもしれないのに。

「あたし、訳あって高校生のときから養父母のところで育てられたんです、実の母親が虐待女で。父親は見て見ぬふりしてましたけど。それが関係あるのかわからないけど、あたし双極性障害だし。もう躁になったらめちゃくちゃだし。ハプバーでヤリまくるし。鬱になったらトイレに行くことと、漫☆画太郎の漫画しか読めないですから。躁鬱は母親の遺伝ですかね。しかも拒食症だし、高校生のとき、母親に骸骨《がいこつ》みたいで気持ち悪いって言われたの未だに引きずってるんです。バイだし、あたし極力節約してレズ風俗行きまくってますからね。風俗のお姉ちゃんたち、そりゃあもう本当クンニ上手ですよ、でもなんかそういうのも疲れちゃって、つまんない自分を複雑化させようとしてバイだって思い込んでる気もして。実際女の子に欲情するんですけど、『普通の』家族が欲しいんですよね」

それから売り上げが爆発的に伸びたおれたちの会社の事務所は、二度大きなところに移転して、最終的に初台にあるガラス扉つきの巨大ビルの一室におちついた。事務所の入り口にはでかでかと会社のロゴが飾られ、黒革のソファとテーブル、少し進むと観賞用の魚が入った水槽が二台ときた。中にはグッピーやらネオンテトラやらマリンブルー色のめだかが尾をひらりと揺らし、水槽のコケを食べる小さなエビまでいるというザマだ。こんなのは、まるで普通の会社みたいじゃないか？

そしてミニは二十六才になり、四十才の男と別れて真木さんと結婚した。

真木さんはいつでもミニがこの会社を辞めて小説に専念できるように、上場企業の、『まともな』、『摘発されない』、広告代理店に自分のスキルを生かして入社した。黒革のソファや大きな水槽が二台も『あってもいい』会社に栄転というわけだ。おれは仕事が溜まっていて参加しなかったけど真木さんの送別会ではミニのことで持ちきりだったらしい。ミニから迫ったと聞いて皆驚いたと次の日聞いた。おれは結婚の話を聞いて、心底ミニが幸せになれるよう祈った。二年間毎週カラオケに行ってたわけだし、ひとりの人間として、素直で純粋なミニに好意を持っていた。でも兄貴のように慕ってくれていたはずなのに一切真木さんに関する恋愛相談をされなかったのはなぜだろうとは思ったけど——でもそれはミニなりの配慮だと思っていた。おれもミニに過去の恋愛の話を一切してこなかったし、これから先誰かを好きになったり、ましてや恋愛する可能性なんかあるわけないと本気で思っていたからだ。

おれの直属の後輩からは「めちゃくちゃラブラブですよ、真木さんみたいなつまんない男にはあたしぐらいの破天荒な女がちょうどいいんだって、喫煙所で惚気まくってます」って聞いていたから、順調なんだと思っていた。

ある火曜日のことだった。ミニが結婚してから半年ぐらい経っていたと思う。カラオケの帰りにチェーンの居酒屋に寄ったとき、ミニが言った。

「あたし、最初に真木さんに佐藤くんのことが好きだって相談したのが始まりなんですよ」ミニはビールを気持ちいいぐらいに飲み干して言った。おれは野菜炒めにかぶりつくのを止めた。

「え？」

「ねえ、あたしのこと、ありかなしで言ったらありですか？」

暖色のライトに照らされたミニの首は蝋のように白く輝き、その大きなアーモンド型の瞳はおれを誘うのではなく、惑わすのでもなく、数滴の影をおびてはいたが真剣に問うていた。

「……ミニをそんな目で見たことないけど。確かにミニは可愛いよ。でもそれは妹みたいで可愛いって意味だから」

あたしは今、上野の十七万円の１ＬＤＫに住んでいる、あたしが帰るとずっとリモートワークで家にいる真木さんはボーナスで買った自分のソファに猫と寝転がっている、その下にはコンビニのゴミ袋が捨てられている、あたしも自分のコンビニ袋を抱えてひとまずはただいまと言いはするけれどもそそくさと寝室に行って自分の猫とデスクで冷たい晩ご飯を食べる、風呂に入ってあたしは一応リビングに行って双極性障害の薬を飲みに、あと、何か話をしようとしてみるが、真木さんはゲームの実況動画か、つまらないニュースを見てあれこれと的外れな意見を言うから、徐々に耳鳴りがしてくる。それをかき消すようにあたしは大量の睡眠薬を飲んで、三十分後にはまた寝室に戻ってしまう。五ヶ月間セックスどころか指の触れ合いもなんのスキンシップもなく、もうあたしもそれ自体望んでいない、――。

「ストップ。何言ってんだミニ、遅い。もう人妻なんだから、それは真木さんと直接話し合って解決する話だろ」

その日はいつもよりミニは酔っ払っていて、佐藤くんがどんな部屋に住んでるか見たいって言って聞かなかった。だからひとまず家を見せて、すぐミニの小説部屋に帰らせた。ミニはギリギリまで自分の給料を使って、結婚するまで住んでいた新代田の自分の部屋を小説部屋として維持していた。束縛気質の真木さんは気持ちの面でもミニのお金の面でもそれをいやがっていたらしいけど。

そしたら深夜に電話がかかってきて、風呂に水を溜めてたら水道が止まった、どうしようって彼女はこれ以上ないぐらいにパニくってたから、まずは家の外に出て、玄関の隣にある元栓がある扉を開けて、中にあるボタンを押せばいい、って言った。一時間以上放っておくと、緊急事態だと判定して水道が止まっちゃうんだと。そしたら酔っ払いながらもどうやらそれを押せて水を出せたみたいだったけど、それからもおれたちの電話は続いた。

「あたし、自分の退屈さが大嫌いなんです、真木さんはあたしの鏡だよ、お互いつまんない同士でくっついたからこうなったの。でも佐藤くんがこんなクソみたいな仕事でも才能があるって言ってくれた。でもいつか佐藤くんに自分のつまらなさが露見するってわかる。自分の地下室から出ることができないの、もうずっと解離状態で、心の中にずっと拒食症だった時代のガリガリのあたしが檻に閉じ込められてて、何か食べるとあたしを罵倒してくるし、その檻をガタガタやるの。親に虐待受けてたころの強制とか否定を今度は自分自身に向かってやってんだろうな、しかもあたし、自分の書いた広告にちゃんと洗脳されてる。ありのままの自分なんか存在価値0だしさ、やっぱなんだかんだ痩せてなきゃいけないんだ、って思って、自分でその罠に引っかかっちゃってもうしょうがない……自分の顔も大っ嫌い！　今すぐカミソリでぐっちゃぐちゃにしたいぐらい嫌い。あたしと佐藤くんの孤独は似てる。人生になんの意味も感じてない。ずっとだめなの。頑張ってきたけど、どうしてもだめなの。虚しさしかないの、佐藤くん、もし人生に満足してたらごめんね、一緒にされたくないよね、ほんとあたし何やってんだろう？　でもあたしはいつか精神保健福祉士っていってあたしと同じ双極性障害のひとを助ける仕事の資格をとるの、旦那が会社の新人と浮気したけどあたしは今の安定を失いたくないから別れない、ってか別れられない、怖いの本当にひとりぼっちじゃん」

はっきりいって支離滅裂だった。ミニが何を言っているのか全てを理解することはできなかった。でも激しい鬱状態にあるのは明らかだった。そして次の日、少し前から遺書を書いてる、とメールが来た。

「私が明確に自分のことを地雷と自覚したのは京王線に乗っている最中で、昨晩飲み屋で泥酔の末記憶を失った私がちょうど『記憶は、はかない。』という認知機能を改善する成分の入ったガムの広告コピーを見て笑ったときだった。

とても天気のいい日で、私は治療薬を飲み忘れてベンゾの離脱症状に肉体的にやられていたがいやに頭ははっきりしていて、次のようなことを考えていた。いい小説を書きたいのか。ただ小説家になってちやほやされたいだけなのか。それもある。私は可愛がられたかった。と同時に、いい小説を書きたいとも本気で思っていた。でもそのいい小説を書きたいけれども書けなくて、詐欺文書のほうが儲かるからそちらにうつつをぬかしていること。私がストレス発散のために買った可愛い服四万三千円の代金を、旦那が唯一自分の親族の中で好きだった祖母からの結婚祝い金で立て替えてくれた。私はその立て替えてもらった分の金をクソ会社から振り込まれた金で埋める。旦那が浮気しても仕方ない。だって私は家庭を営む気なんかなかった。では何がしたかったのか。小説のために一度家庭を作ってみて破壊してみたかったのか。いや違う。そんな志のあるものじゃない。ただただ衝動で、空っぽで中身のない自分を持て余して、暇になったから、周りを家庭という枠で囲ってみただけだった。という思考が淡々と頭の中をよぎっていた。でもちゃんとした家族は、ずっと欲しかったんです。どうかこれを読んでくれた人は、私が死んだら少しだけ思い出してください。こんなんでも、私が生きることを頑張ってたこと。」

リアルな遺書ってこんなに文脈がわからないものなんだと思いつつ、おれはあの堅物の真木さんが会社の後輩と浮気してる、って聞いてから――でも、真木さんは言っちゃ悪いけど見かけもよくないし、黙々と仕事している雰囲気しか覚えていないから――迫られたからってあっさり女と寝るような雑魚とはとても思えなかった。ミニは何か勝手に勘違いしているんじゃないかと思っていたけど、同時にミニがおれに対して曖昧なことを言うとも思えなかった。だけどそれを聞いてからおれとミニはカラオケ終了六分前から自然と抱き合うようになった。そのときはまだ好きだったわけじゃない。真木さんが浮気したんだとしても、ミニの勘違いなんだとしても、嘘をついているんだとしても、なんだか本当にミニが可哀想に思えたからだ。

それからミニは真木さんとの家と自分の小説部屋の家賃を賄うため、そしてもっとレズ風俗に行くために、副業でSNSを通じ記事や漫画を売り始めた。記事一本二十万円、漫画一本四十万円。でもおれたち運用マンの感覚ではそれは安かった。その分、莫大な利益を生み出すことが保証されていたからだ。でもそこはかとなく彼女の素性、すなわちミニが某会社の『フェイク広告の巨匠』であることが知れたのか、異常なほどの依頼が彼女にやってきた。そりゃそうだ、副業で記事を売るようになってからあまりにもこの界隈で有名だった彼女を見つけた会社が全員彼女に記事を依頼したからだ。そしてそれを、彼女は、断らなかった。全て受けた。一ヶ月の収入は二百万を超えるときもあった。

ミニは魂をぼろぼろにするかのように稼ぎ始めた。もしかしたらそれは、自分が幼少期に受けてきた『暴力』を自分の実の母親ぐらいの年齢の女性にやり返しているだけかもしれなかった。絶対痩せないサプリやシミの消えない化粧品を買わせて金を毟《むし》り取ることで。入社してきたとき銀行の残高が二円しかなかったミニ、毎日中原昌也が作りそうな安倍の首がギロチンでぶっ飛ばされてるようなTシャツを着ていたミニはどんどん美しくなり、ヴィヴィアンの青い指輪と黒メッキの指輪はまだ右の人差し指と薬指につけてはいたけれど、艶やかな黒髪をなびかせ、丁寧に編み込まれた桃色のニットワンピースをまとい、その腰には本物の宝石がついた薄茶のベルト――そしてシャネルのイヤリングをつけて新宿を歩いた。月に三十万円しかくれない会社員をやってるのが馬鹿らしいって理由で、一月末で会社を辞めた。当然の帰結だった。

とにかくミニは同僚たちから愛されていた。だから送別会はもちろんド派手な騒ぎになった。ミニの直属の後輩、武田くんの乾杯の音頭がおれたちの涙腺を刺激した。

「ミニさんが売ってくれなかったら、ぼくたちもここで飲めなかったわけで。ぼくたちがここにいれるのはミニさんがいたからです。今日は、飲みましょう。たくさん、飲みましょう」

拍手が起きた。いいぞ武田、割れるような拍手だった。

武田くんはあまり飲まないのに、飲んだ。飲みまくった。ミニもいつも以上に飲みまくった。一次会が終わった時点でおれに「お願い佐藤くん」とせがんでおんぶしてもらわなければ立ち上がりすらできなかったのに、「まだ飲みたりないんですけどー！」とミニが絶叫すると皆が後ろについていった。ミニは代表よりも、誰よりも、人望があった。全く効果のない新商品をリリースしたときだって、ミニならなんとかしてくれると全員が思っていたからだ。

そして、二次会で代表が言った。

「佐藤くんとミーちゃんはどういう関係なの？」

「兄妹みたいなもんです」ミニは正直に言った。おれも頷いた。

「佐藤くんに彼女ができたらどうするの？」代表が下衆な質問をした。

「いやですね。佐藤くんに彼女ができたら」ミニはいつだって正直だった。

「できないよ、ミニ、おれに彼女は」

おれは早口で言った。

「だって佐藤くんに彼女ができたら、あたしと佐藤くんのこの関係性をどう説明したらいいんですか？」

「じゃあもし真木さんと結婚してなかったら佐藤くんと結婚してた可能性もあったってこと？」

「ありましたね。タイミングの問題でした」

皆が黙って皿や箸を動かした。おれにはそれがやけに大きく響くような気がした。

それからひとりひとりがミニに感謝の言葉を告げることになった。村本さんが言った。

「佐藤さんとのやりとりを聞いてるのが好きでした。マジの兄妹って感じで。本当に仲いいんだなあって。佐藤さんとミーちゃんワールドっていうんですかね？ワールドがありましたね、うん。ミーちゃんの記事のおかげで本当に稼がせていただきました。ありがとうございます。真木さんとはまた飲みにいくので、そのときはぜひ一緒に」

村本さんが佐藤さんとミーちゃんワールド、と半笑いで言ったとき——おれは初めて見た——あんなに鋭い目で、まるでえぐるようにミニは村本さんを睨んでいた。村本さんはだいぶ酔っ払っていたから気づいていなかったけれど、それまで笑っていたミニから誰が教えたんだ、みたいな目つきが飛び出した。そしてとても小さな声で「天才運用マンを馬鹿にすんなよ」、「あたしが勝手に構ってもらってるだけなんだから」と呟いた。

三次会は皆が気を遣ったのか、おれとミニは二人きりで終電までカラオケに行くことになった。その日初めて一時間半の後奏カットじゃないカラオケをしたかもしれない。ミニは「あたしに今日って日の、佐藤くんの一時間、ちょうだい」と何回も言って、結局朝までおれを帰さなかった。今はもうよく覚えてないけどおれは「言わないほうがいい『好き』もある」みたいな曲を歌ったかもしれない。それは今となってようやく意味を持つ歌詞かもしれないけど、そのときには確かな意味なんかなかった。ミニは歩いてすぐしゃがんでしまうぐらいにフラフラに酔っ払っていたから、誰もいない小田急の始発のホームまで見送った。下北沢で降りてから新代田まで歩けるかはもうミニ次第という感じだったけど、発車まで少し時間があったから、おれは近くの自販機でミニにコーヒーを買って渡した。ミニの冷たい手はカイロが入ったおれの赤いダウンの中に入っていた。ミニが押し込んだからだ。おれは『兄貴』だからそれを断れなかった。

そして帰宅して、おれがようやくうとうとしていた朝の八時に、電話がかかってきた。

「神奈川に行っちゃったの。小田急で最後まで行っちゃった。新代田に帰ってくるタクシー代、三万もかかっちゃったよ」ミニは笑った。

そんなとき、突然真木さんから飲まないかというチャットワークが飛んできた。いやな予感がした。最低限の仕事のつきあいしかなかったし、真木さんが仕事を辞めてから一切関わりがなかったからだ。おれはお酒を飲めないし、真木さんもそこまで飲まないけど、結構グルメなひとだからひとりあたり七千円みたいな高級居酒屋を指定されて、本当に困ってしまった。でも断るとさらに面倒なことになるとも思った。おれは毎日サラダチキンと温玉とキムチとニンニクを食べたかった。逆にそれ以外、摂取したくなかった。その食生活が体を鍛えているおれにとって最適だったからだ。そして、いやな予感はあたった。

「着いて早々申し訳ないんだけど、美味しいものを美味しく食べたいから先に用件だけ。ミニが浮気してるか探ってほしいんです。だって、佐藤さん、ミニが会社辞めても一緒にカラオケ行くんでしょう」真木さんは高そうなダークグレーのコートをハンガーにかけながら淡々と言った。まだ店員がおしぼりも水も運んできていないときに。

「浮気……」

真木さんは自分の人生が揺らぐほどの話をしているはずなのに、まるで会社の会議室で何かを発表しているような感じで話し続けた。

「ミニはいつもすっぴん眼鏡だったのにいきなり化粧したり、整形するとか言い出してね、最近、昔は一切興味のなかったブランド品を買ったり、服だったりを大量に買うんですよ。あとミニは自分の小説部屋を維持するために記事売ってるでしょう。新代田に家があるんですけど、あ、知ってますよね。多分。最近帰りすぎなんですよね。これって別の男がいるんじゃ？　いますよね、確実に」

それを話す真木さんの顔には一切機微が見られなかった。だがおれは干上がりそうになった。確かにミニは変わった、何もかも変わった。そして今更全てが繋がった。そのときは酔っ払っているだけだと気にもとめてなかった居酒屋での会話や送別会の夜にダウンに突っ込まれたミニの手のことを思った。もしかしてミニが好きな男はおれなんじゃないか？

「……でもそれはミニがお金を持ったからとかじゃないですかね。ようやくブランド品を買えるようになってそれが単純に楽しいからとか。それか、もしかして前に付き合ってた、近所に住んでるっていう四十の男とかですかね？　ミニがそいつの子どもの養育費払ってたっていう。まだ関わりあるんですかね」おれはこっちの焦りが伝わらないよう淡々と言ったし、真木さんのほうこそ最初に浮気したくせに何を言ってんだとも思った。

「僕は別に男がいると思って今日佐藤さんをわざわざ呼び出しました。こんな話はミニと一番仲良い佐藤さんにしか頼めないので、お願いします、すいません、今日は奢るので、好きなものを食べてください」

　おれにメニューを渡してから、真木さんは眼鏡を拭き始めた。目の大きさはおれの半分ぐらいしかなくて、感情がまったく読めなかった。爬虫類の仲間みたいだとおれは思った。でも白いシャツの脇に小さい引っ掻き傷のようなものが見えて、これが浮気女とのキスマークじゃないかと思った。

「温野菜のシーザーサラダ、鯛のカルパッチョ、刺身五点盛り、明太だし巻き卵。あと今日のおすすめってなんですか？　佐藤さんもどんどん言ってくださいね」

他の女とのキスマークをつけながら淡々とオーダーする真木さんに怒りを覚え、おれは手を滑らせたふりをして水の入ったコップを勢いよくなぎ倒して、真木さんのシワひとつないシャツを盛大に濡らした。すみません、ああ、いや、大丈夫ですよ、という流れがあって、その後たくさん料理を食べたけど、早く帰りたい気持ちしかなく、当然味なんかしなかった。

でも、真木さんが言った。

「いいなあ。佐藤さんとミニは。カラオケっていう熱中できる趣味があるでしょう。僕にはそういうものが何もないから。ミニが新代田に帰ってるときは芋虫みたいにただ寝っ転がっているか、動画見てるだけなんですよ。今偶然いいポストに就いてますけど仕事もやる気ないし、宝くじ当てたら速攻辞めますね。ほんとミニしかいないんですよ、僕には」

それからは、真木さんの職場がフレックス制を導入しようとしていること、でもコロナが広まりつつあってリモートワーク命令が出ているから導入されてもそこまで関係がないこと、そしておれは仕事の近況や愚痴を話してその会は終わった。

「何かミニから聞いたらチャットワークで送ってください」会計は二万円を超えた。まさかあの真木さんが日本酒を飲むなんておれは信じられなかった。それで値段が跳ね上がった。酒好きのミニの影響に違いなく、おれは複雑な気持ちになった。と同時になんでおれは複雑な気持ちになってんだって自分で自分にキレそうになった。兄妹とかなんとか言って、おれはひとつでもミニに何か影響を、与えられただろうか？　あの居酒屋のときだって、ミニはおれに助けを求めていたはずなのに、おれは遅い、人妻なんだからとバッサリ切った。兄妹なんて茶番だとおれは今更思った。

「わかりました、何か聞いたら」

頭にはミニのことしかなかった。

飲み会の帰り、西新宿のコンビニで明日のサラダチキンを買って家に帰る途中、向かいの豪邸に生い茂っていた木が丁寧に整えられていることに気づいた。おれは立ち止まってそれを見ながら、この家に住んでるやつらは一体どんな気持ちで生きてるんだろうなと思った。この家のやつらは毎日見る自分の家の景観を綺麗にしたいとか、そういう人生に基づいた欲望があって、だから木陰を奪ってまでこんな風に木をカットしたんだろう。おれは東京に出てきてから、『何か』を求めていたけど、こんな欲望は一切持ったことがなかった。例えば今仮に年収一千万になって、それで具体的に何がしたい、と問われても、何も出てこなかった。強いて言えばサラダチキンを食って筋トレをしてカラオケに行って寝るだけの生活をしたかったけど、そんなのは実家で我慢すれば広島でもできる。結局のところやりたいことがあるように見えて、本当はしたいことなんか何もない。小説家なのに、生きる金のためフェイク広告を書いているミニの虚しさとおれの虚しさの種類は似ていた。おれは後ろから走ってきたバイクに轢かれそうになって急いで避けて、自分の家の鍵を開けた。

そしてその日、新代田にいるミニから深夜に電話がかかってきた。確かにミニは上野より新代田にいる頻度が多くなっていて、おれたちの電話の回数もとんでもなかった。

「佐藤くん、もうあたし戻れないよ」ミニは号泣していて、おれは飛び起きた。

「ミニ」

「あたしはもう小説なんか書いちゃいけない。弱者じゃないもん。味方じゃなくなっちゃったもん。資本主義の中で、もう弱者じゃないもん。弱者から金を奪うような女がさ、二度と小説なんか書いちゃいけないよ。今のあたしは確かに色んな意味でマイノリティかもしんないけどさ、嘘ついて文章でひとを傷つけてるだけのただのクソゴミだよ、そんな人間が本当に心を揺さぶる文章なんかもう書けないし、そんなのもう書いちゃいけない。ってか優れた小説とそうじゃない小説の違いってなんなんだろう、金持ちは小説書くべきじゃないかって言われたら謎だけどさ、でも汚い金を持ったら精神まで汚染されるし、その汚染されたもんから出てくる文章なんか駄目だよ！　どんな文章だって属人的なもんなんだから。この汚い金で、せめて顔だけでも綺麗になって、佐藤くんに好きになってもらえるよう整形してくるよ。明日、輪郭削って、鼻にプロテーゼ入れる予約したんだ、初の美容外科だよ！」

ミニのテンションはぶれぶれで、最初は泣いていたのに、最後は躁モードになっていた。

「いや、何言って……整形する必要なんか」

「中身がこんなに汚い女のこと好きになってもらえるわけない。顔ぐらいだよ。金で綺麗にできんの。ああ、言い忘れてたけど、大好きです、佐藤くん」

おれは固まって真木さんとの飲み会を思い出していた。タイムリーすぎた。背中に大汗をかいていた。

とにかく、輪郭を削るっていうのは大反対だった。今後年がいったときに崩れたらどうすんだ？　また直したりするのにお金がかかるだろ？　そのときも今の仕事や金があるわけないだろ？　それから必死に三時間ぐらい説得して、ミニは輪郭を削るのは諦めたみたいだった。それからしばらくして寝息が聞こえてきた。おれは空が白みはじめ、朝が来たことを確認してから電話を切った。なぜ今おれはミニの隣じゃなくて、自分の部屋なんかにいて、自暴自棄になっている彼女を止めてやれないんだろうと思いながら、何度も何度も、大好きです、佐藤くん、というミニの声を脳内で反芻していた。

次の日、整形直後のミニからチャットで写真が送られてきた。午後四時ぐらいだったと思う。鼻に二本棒がついていて、大きなギプスをつけて、ピースサインをしていた。昨日の手術直前の電話とはうってかわってとても元気そうだった。だから、「グルグルでやば（笑）」と返した。

おれはミニが辞めたっていうのもあって、あと、こんなクソみたいな会社と仕事内容なのに、「まともな人事評価を導入しよう」ってお偉い会社の人事プログラムの人間が来た時点でなんだか萎えてしまって、――だってこんな仕事に評価もクソもないだろう?――三月末に辞めようと決意して、代表に言った。でも、おれは退職するときに、おれとミニが組んでアフィリエイトを始めたら、会社の損になるから損害賠償を請求する、みたいな内容の念書を書かされた。その念書には法的効力はないにせよ、これまでほとんど徹夜状態で会社に貢献してきたのに。おれは本当の冷酷さを見た。

もう二度と立ち入ることのない、初台のど真ん中にぐぞっとそびえ立つあの灰色のビルの中では、「痩せない」「シミが消えない」「今すぐ解約したい」「解約できない」と怒る客たちの電話に対して極めて凡庸でありふれた文言で対応するコールセンター部隊がいて、「痩せない」「シミが消えない」商品を『偏差値四十』向けに企画して開発する無慈悲なＥＣ部隊がいて、それを「痩せる」「シミが消える」と言って売りさばく運用部隊がいる。自分のデスクを整理していたらもう深夜になっていた。だから帰り道の東京オリンピックの旗が掲げられた都庁前の道路には誰も歩いていなかった。おれは道のど真ん中を歩いた。おれのスニーカーの底ずれの音だけが静かに響いた。そんなことはないのに、ここらにあるどこのビルの中でも同じことが行われているような気がした。疲れていた。

「起きてる？」おれからミニに電話をしたのはこれが初めてだった。すぐに電話が繋がった。

「佐藤くん！　どうだった？　ちゃんと辞めれた？　引きとめやばかったでしょ？」ミニは興奮気味に言った。

「いいや。引きとめなんかなかった。代表もおれが会社に対してよく思ってないの、わかってただろうし。念書書かされただけ」

「……念書？　なんの？」

「ミニとアフィやったら損害賠償請求するって」おれは笑った。

ミニは怒っていた。どうしようもないぐらいに。

「あかん。もう。なんちゅう会社や？　佐藤くんにそんなもんを書かせるなんてありえへん。やったりましょ。会社の売り上げ減らしたりましょ」

だから、おれとミニはおれが会社を辞めた次の日、四月一日からアフィリエイト広告を回し始めた。会社にとって脅威であるはずの二人で組んで、広告を回し始めた。でも最初は大赤字を食らった。会社の資金力が凄すぎて、おれ個人の貯金では入札価格もたかが知れていて、なかなか利益を出すことができなかった。これまで月に七千万の売り上げを叩き出していたおれは軽く絶望していた。同じミニの記事で、なぜ効果が出ない？　おれは運用マンとして、無能なんじゃないのか？

広告を回し始めてから一週間後、おれたちは会う約束をした。寒いからもつ鍋にしようと言った。整形してすぐだし顔腫れてて恥ずかしいから会いたくないとミニは言ったけど大丈夫おれが会いたいだけだから、と言うとミニは電話越しに黙って、「あんまり顔見ないでくださいね」と言った。

そしてもつ鍋屋でドリンクを頼み終わったあと、マスクをつけたミニは分厚い封筒をおれに差し出した。

「百万入ってます」

「ミニ」

「なんも言わないで。これは、あたしと佐藤くんで始めた仕事です。だから、天才運用マンの佐藤くんが入札強めたいとき、広告を露出させたいとき、ってか踏みたいとき、使ってください。で、これは溶かしてもいい百万です。返してくれなくていいです。あげます。もし返さないことに罪悪感があるなら、これから売り上げが伸びて利益がうまく出てきたら、返してください。もちろんこのミニ銀行は無利子で、無期限です」

「……」

そして、儲けすぎて法人化せざるを得なくなったミニから新しい会社の名刺を貰った。

「株式会社ＭＩＮＩって、そのままやんけ」

「なんも思いつかんかったんです。どうせ誰も雇わへんし、クソみたいな仕事内容なんやからなんでもええんですよ。会社名なんか。でも佐藤くんに一番最初に貰ってほしかったんです。名刺の後ろ見て」

名刺の後ろを見ると、黒いサインペンで、「しんどかったり、疲れたりしたら、いつでも連絡ください。ミニ」と書かれてあった。ものすごい達筆だった。


それから寒い春がなくなって、いきなり真夏のブルーになった。まだ四月なのに。灼熱で全ての輪郭線がぬらりと揺らぐほどの溶けるような暑さで、歌舞伎町は観光客のチャイニーズでゴッタゴタに溢れ返り、タピオカ屋の奥からは生魚の内臓が腐った臭いがした。でもそれから日本でもコロナが爆発して、カラオケ屋が軒並み閉店してしまった。二人で始めたアフィリエイトはなんとか月二百万ぐらいは利益が出るまでになってきてはいたけど、これまでのストレス発散と、抱き合う六分間がなくなってしまって、おれとミニは絶望していた。だっておれたちは元々『カラオケ友達』だから。そんなときだ。ミニから電話がかかってきたのは。

「佐藤くん助けて。真木さんが怖いの。なんか二人とも家で仕事してるから逃げ場がない。今ネカフェから電話してる」その声はかつてなくきりきりしていた。

「どうした」

「あたしの仕事を凄い勢いで否定すんの。そりゃ真木さんは自分が前やってた仕事、要するに画像の無断転載とか、そもそもフェイク広告とか、そういうの大っ嫌いだからさ、気持ちわかるんだけど。軽蔑した目で見んの。そりゃ軽蔑されて当然の仕事だよ。でも自分でも前やってたじゃない？　しかもあたしが浮気してんじゃないかとか言い出して」

おれはまた真木さんとの飲み会を思い出していた。そして、返答できなかったミニのあの告白も思い出した。

「会いたい」

「……」

「今すぐ会いたい。好きです、佐藤くん。家、行っちゃ駄目？」

「それは……」

「駄目だよね。それは駄目だよね。さすがに。ごめん。困らせるようなこと言ってごめん。あたし何言ってんだろう。今日はこのままネカフェで酒飲んで眠剤飲んで落ち着く。ちょっと酒買ってこなくちゃ……」

「ミニ」今ミニを家に入れたら駄目だって、わかってた。よくわかってた。

「何」

おれは家の住所をミニに教えた。


初めてのセックスは、正直可哀想で、断れなかった。ミニは酒と眠剤でとにかくぐにゃぐにゃに混乱してて、多分おれが断ったらそのままの足でまっすぐホームに飛び降りそうな勢いだったし、お願いほんとお願い抱いてと繰り返すから、おれは昔の女とした記憶を必死で思い出しながら頑張った。でもおれが気持ちよくなるよりも、ミニにイッてほしい気持ちのほうがはるかに大きくて、そのために真面目になりすぎて、挿れたときあったかい、ぐらいしかわからなかったけど、ミニは大声で喘いだ。でも腰を押しつけるたび、ミニが腰をよじらせて喘ぐたび、セックスってやっぱ暴力みたいだよな、って思ったから、過去虐待を受けてきたミニはいやじゃないんだろうかと怖くて、おれは一回イッたあと、とにかくミニを愛撫した。

そのあとミニの耳に息を吹きかけたり頬を吸ったりしているとミニはくすぐったいと暴れながら、

「せっかくだし、これからはオモチャとか使ってみますか?」と髪をまとめながら言った。

「……ミニ、そういうの好きなん?」

「いや、初めてです、買うの。AVで観て、羨ましいって、ずっと思ってて」

「真木さんはそういうの使わないんだ」

「セックス下手だし、愛撫なしだしあと最強の早漏なんで。あ、これ佐藤くん」

ミニは八重歯を出して笑い、スマホのAmazon画面をおれに見せた。

「……『YOME　バイブ42℃加熱　実際の性交行為を真似する9種ピストンモード　9種ズボズボモード　9種ぶるぶるモード　柔らかいローター　完全防水　膣マッサージ　潮吹き電マ　USB充電式　静音　強力　女性用　大人のお

もちゃ　アダルトグッズ　ＦＤＡ認証　ローズ色』……。『９種ズボズボモード』って露骨すぎん？」

「しかもこれレビュー欄がクソ面白いんですよ！　『友達の誕生日プレゼントに購入しました。長年男っ気がない友人の心に響いたようで、嬉しいです』って友達煽られてんぞ！　友達可哀想！」

おれたちは布団の上で笑い転げた。おれはもうミニを妹として見ていなかった。これまでの女の中で、ミニは一番嘘がなくて、汚れてなかった。そして、おれはこの瞬間からミニに離婚してほしいとまで願うようになってしまった。一番求めてはいけない相手に１００を求めてしまった。一回ヤッただけなのに、おれはなんて単純なんだ？

だから――ミニがそう望むのなら、子宮の奥の奥まで入れられるように、毎日ニンニクを食べるようになった。それまでも毎日食べていたけど、倍以上、摂取するようにした。

その次の日の深夜、またミニから電話がかかってきた。時計を見ると三時四十二分だった。どうやらミニはもうほとんど新代田にいて、事実上真木さんとは別居状態にあったんだと思う。じゃなきゃこんなに電話をかけてこれないだろう。

「あ。出た。ごめんね、変な時間に。今ね、新宿のラブホにいるんだけど」呂律が回っていなかった。

「……なんで？」

おれは少しだけ気分を害していた。でもその直後に気分を害した自分に腹が立った。

「レズ風俗ですよ。あたしが風俗行くのいやだ？」

「いや特に」

ふふ、とミニは笑った。

「でね、続きなんだけど。思ったより好みの娘《こ》が来てね、りょうちゃんっていうんだけど。金髪の。昔のあたしみたいな。あまりにもドタイプでさ、そのままお泊まりコースの流れになったんだけど、百二十分のヘルスコースだけで新代田の家に帰ると思ってたから眠剤持ってきてなくて。全然寝れなくて、大量に酒飲んで潰れるまで佐藤くんに電話しようと思って、今もなうで飲んでるんだけど。正直ぐでぐで。喋れてるのが軽く奇跡。あーまた飲み干しちゃった。ルームサービスで酒頼まなきゃ。えっとあのもしもし。五〇一号室に泊まってる者ですけど。あ、これは言わなくていいのか。すみません。ビールの中瓶五本お願いします。はい。五本です。はい、お願いします。あ、ごめん、佐藤くん忙しい？」

「こんな時間に忙しいわけないでしょ」おれは電話をかけてきてくれて嬉しかった。そして、相手が女性であることにとても安堵していた。

「で、りょうちゃんとセックスのあと何する？　ってなってね、あ、女性のセックスってあれだよ、双頭バイブっていって、お互い棒突っ込みあうやつね。あと、貝合わせって知ってる？　まあ、知らなくていいよ。で、二人ともなんかテンション爆発してたし、どっちも行ったことなかったからせっかくだしホストクラブ行ってみっか！　ってなって、初回だと三千円とか書いてあるし、だからどんなに飲んでも五万ぐらいあったら足りるだろと思ってとりあえず五万おろしたの。初回だし。初回だよ？　三千円って書いてあんだよ？　でも謎のボトルが運ばれてきて、もうなんかあたしらの周りに大量のホストがいっぱいいてさ、ＬＩＮＥ交換してくれ！　ってめちゃ言われて、あたしはなんかカード切りまくってて、四十万。あ、酒来た。はーい。すみません、ありがとうございます。変な時間に大量に酒注文しちゃって」ミニは半笑いだった。おれも半笑いだった。おれは本当この女は、って思いながら、心から好きだと思った。

「ねえ、明日のチェックアウトが十一時なんだけど」

「うん」

「それから、行っていい？　一緒にお昼食べようよ……あ、欠伸」

「寝れそう？　よかった。いいよ、来て。来てほしい」

おれは１００を求めた。

「ごめんね、深夜に長々と。おやすみ」

「おやすみ、また明日」

十一時のチェックアウト後、タクシーをぶっ飛ばして家にやってきたミニの体からは明らかにトロピカルなボディーソープの匂いがして、おれはやけに艶めかしく思った。すっぴんのミニは、昨日のホストクラブでの疲労感が溜まった顔でおれのベッドに倒れ込んだ。まだ酒が残った目の下に酷いクマができていて、おれは笑ってしまった。つい最近ミニは目の下のたるみやクマが三秒で治るアイクリームの広告を書いたばかりだったからだ。

「あー！　二度とホストクラブなんか行かない！」ミニは足をばたばたやった。

「二十六才で四十万使えるってどこの金持ちだよ！」おれはその骨が折れてしまえばいいのにと思いながらミニを抱きしめた。

「いや、昨日も電話で言った気がするけどさ、五万あれば初回は足りるよなと思ったんだって。そしたら全然足りないの。なんかキラキラ光るボトルが運ばれてきて、そしたらコールが始まって、りょうちゃんの手前もあって払わなきゃなって思ってカードで！　って言ったら限度額達してて、ツケになって、明日十万追加で払わなきゃなんないの！　なんで！」

「それ昨日そのまま言ってたし。なんでって、そりゃもう酔っ払ったひとに金出させるのがホストの仕事でしょうよ。十万のツケの話は言ってなかったけど。で？　昨日は何回イッた？」おれはミニの頬を撫でながら言った。

「五回。朝二回」

シャワーを浴びたてのミニの猫っ毛をかきわけ耳をはむと、いつもより感度の高いミニはいとも簡単に体をよじらせた。

「りょうって娘《こ》にバイブ入れられてるとき、おれのが入ってるって妄想してた？」

「そうだよ。他に何があるの？」おれはこのミニの真顔を、今という一瞬を、ガラスの中に閉じ込めて残せたらどれだけいいかと思った。

「あのね、佐藤くん」

「ん？」

「あたし、ちゃんと治そうと思うの。自分の病気。なんかね、精神病とか、親に虐待を受けたひとたちが集まるミーティングみたいなのがあるの。親に問題がある家庭で育ったひとたちのこと、アダルトチルドレンっていうんだって」

「何それ。行って大丈夫なやつ？　ヤベー会とかじゃないの？」ミニは笑いながらそれを否定した。

「大丈夫なやつだよ、過去辛かったこととかを、自分の番が回ってきたら言うの。参加してるひとは聞くだけで、肯定も、否定もしない。聞き終わったら、『ありがとうございました』ってだけ言って、次のひとのターン。でね、その場所では何言ってもいいんだ。親殺したかったとか。例えばだけど。で、回復？　するためには十二個クリアしなきゃいけない項目があるらしいんだけど。それが書いてある教科書の読み合わせもするんだって」

「でもさ、それ、自分の辛かったこととか、他のひとのやつを聞いて、もしミニに過去受けた虐待のフラッシュバックとかが起こったら……そういうのって普通専門家の元でやるもんじゃないの？　断酒会みたいにさ。おれの父さんも行ってたからどんな会かはなんとなくわかるよ。そのミーティングにはそういうひと、ちゃんといるの？」

「さあ。まず行ってみないとどんなもんかわかんないな。教会のホールを借りてやるんだって。でもさ、その会がただの素人の傷の舐め合いでもいいの。その場所に行くってことが、多分あたしにとって、前向きなことだと思うから。ねえ、今筋トレしてよ。『佐藤筋トレフォルダ』に写真追加したいんだけど」

ミニは呑気な口調で言った。そのまま歌でも歌いそうな雰囲気だった。

洗濯物を干し終わって、おれたちが昼飯に出ようとしたとき、ミニが玄関のドアを見て、呻いた。

「ああー、ああ、佐藤くんのこういうとこです。再度惚れ直しました。こういうところなんです。佐藤くんの可愛いところは、ひとには意味がわからないけど、佐藤くん的には成り立ってる確固たる秩序がきちんとあるとこなんです」

「何が？　ああ、それ面白くない？　ミニが持っていっちゃったらいやだけどさ、ちゃんと同じ水道局のマグネットはちゃんと同じ水道局のマグネットで、同じ鍵屋のマグネットは同じ鍵屋のマグネットで、固めてる」

おれは在職時に届き続けていた、ダイエットサプリで痩せなかったひとたちの怒りの手紙の間に挟まれている水道局や鍵屋のマグネットを集めて、会社ごとにきちんと分けて玄関のドアに貼りつけていた。なぜそうし始めたかは忘れたけど、おれが面白いと思って、ただそうしたかっただけだろう。

「持っていきませんよ……！　だってこれ、佐藤くんの大事なものじゃん……！」

ミニの目は潤んでいた。おれは急いで目を逸らした。おれはミニに溺れてはいけないという気持ちと、もうどこまでも行ってしまえばいいという気持ちに振り回されていた。

「佐藤くん子ども産みましょうよ！　野球チーム作りましょうよ！」

ミニは玄関で本当に絶叫した。


おれたちはがらがらの新宿を歩いて油そばの店に入った。屋外の席の風があまりに気持ち良くて、おれたちは不倫なんかしてないって気がした。

「佐藤くん箸の持ち方綺麗。教科書に載ってるお手本みたい。あたしほら、握り箸なんですよ」

「なんでおれがこんなに箸の持ち方が綺麗かというと、親に嘘つかれたから。箸を綺麗に持つことができたら、字も綺麗に書けるようになるからって。おれ、すごい字が下手だったから」

「それで、今は字綺麗なんですか？」

僕は顔を横にふった。

「ゲロみたいな字」

ミニは喉にそばを詰まらせてむせた。

「でも本当」と半笑いでミニは続ける。「あの水道局と鍵屋のやつみて思ったんですけど、あたし全世界に佐藤くんの可愛さわかってほしいです。そのためやったらなんでもします。佐藤くんは、あたしはひとのこういうところが好きなんだよなあってとこを全部集めたひとなんです。『ギュギュッと凝縮』です。あたしは『佐藤くん』っていう概念が好きなんです」

「『ギュギュッと凝縮』ってサプリみたいに言うなよ」おれは油そばを吹き出して笑った。

「概念って……何考えてんのかわからなくて、意味不明で、でも論理的で、……」

「ですです。だから昨日電話して、風俗行くのいやだ？　って聞いたとき、いや特にって返ってきたとき、風俗行かれるのはいやだって言葉を期待してたあたしがアホでした。でもそういう佐藤くんが好きです」

「女の子好きなんやったら仕方ないやん。おれは束縛せえへんし」

おれはそう言ったあと、今おれはミニと付き合ってるんだ、って改めて自覚した。まさか自分の口から束縛とか、そんな言葉が出てくるなんて。

「佐藤くんは言葉責めとか好きですか？」

「いや……どうだろう。おれ、普通に返しちゃうねん」

「例えば……『ここが気持ちいいの？』」

「うん。はい。そこが」おれの答えを聞いたミニの顔は柔らかく崩れ始める。

「『もっとしてほしい？』」

「してほしいといえばしてほしいけど、しなくても特にええわ」

「言葉責めになっとらへんがな！」

「なんかこれ、一周回っておもろいんちゃうん？」

おれたちはひとのいない新宿の昼、爽やかに笑っていた。


おれはこのまま同じ仕事をしてぷらぷらするのもどうかなと思ったし、実家の狭い家で酒がないと暴れてた父さんの記憶があるから広島に帰る選択肢はないな、ミニもいるし、と思ったからミニとアフィリエイト広告で稼いだ資金を元に友達と会社を立ち上げた。今流行りのＶＴｕｂｅｒ事業だ。たまたま友達が軽く有名らしいＶＴｕｂｅｒと知り合いで、そういうひとたちを集めたＶＴｕｂｅｒの事務所を作ることにした。一回の配信だけでも、多くの――例えば何万人という規模の視聴者がいれば、広告費がウン百万と入ってくる。ただ友達の触れ込みが大袈裟すぎたのか、最初仲間になってくれたＶＴｕｂｅｒゆえちが初めて生配信をしたとき、おれは一体何人が集まるんだ⁉　と期待していたけれど、集まったのは十八人で、おれが高校生のころゲーム実況をニコ生でやっていたときよりも少なくて、軽く絶望した。金になる未来がかけらも見えなかった。なんでＳＮＳのフォロワーが三万人を超えているのに見にくるのが十八人なんだよ、いや、そういうＶＴｕｂｅｒを育てていく、いかにプロモーションしていくのかを考えるのがおれたちの仕事なんだけど、視聴者十八人は地下アイドルよりも酷え、……いや、そんなこと言うと地下アイドルのひとたちに失礼なレベル……と思ってしまったのは事実だった。

おれは一応社長だし、給料を払って養う立場だし、皆リモートで今日何してんのかわかんないから日報を書けと言ったのに、友達もゆえちも一切書かないし、コラボ企画をやっても相変わらず生配信を見にくるのは三十人未満でほとんどなんの儲けにもならないからミニとのアフィリエイト事業がなければあっという間に会社は吹っ飛んでいたところだった。とにかく友達とゆえち分の給料を払うのがギリギリで、それが重荷すぎて白髪が増えまくっていた。

このまま金にならなければ一年で会社をたたもうと思う！　なんて社員には口が裂けても言えないし、自分のひとを見る目は結果0だったわけだし経営のセンスもないしコロナの影響で国庫から資金を借りるまでのラグもあって前職より貧乏になってるしで、大口のクライアントからゴッソリ仕事を取ってきてバシバシ会社を軌道にのせているミニに正直嫉妬を感じていたのも事実だった。ただおれはそういうことを相談する唯一の友達と一緒に事業をやってしまったので、その愚痴は全部ミニに向かっていた。おれが電話越しに「会社員って楽だったんだな……」と泣き言を言うと、「よし佐藤くん高級焼肉いきましょか！」とタクシーをぶっ飛ばしておれの家のチャイムを鳴らし、そのままひとり一万五千円もする新宿の六歌仙というところに行って、ミニはほとんど自分は食わないくせに延々と肉を焼いてくれた。おれはミニがいなきゃ色んな意味で死んでいた。と同時にミニが子どもの養育費を払ってた四十才のヒモ男となんも変わんねえじゃん、って情けなくなった。そんなミニとの関係も相変わらず続いていて、そして大した利益も出ないまま、決算の近づく二月になろうとしていた。

二月四日の夕方、アダルトチルドレンミーティングに参加したミニから興奮気味に電話がかかってきた。

「あのね、すごいよかったよ。ヤベー会。明大前でやったんだけど。過食嘔吐のひととか、ヒッキーのひととか、DVなうで受けてるひとが淡々と本心を言うの。ああ、あたしが求めてたのこの『本当さ』とか、『切実さ』だったんだなって思ったんだ」

「じゃあ参加してよかったんやな」

「うん。それでね、あたしは新しく参加したから、初めましてあなたは私たちと痛みを共有する大切な仲間です、みたいなことを言ってくれるわけ、そんで拍手までしてくれたんだよ、すごくない?」ミニは心から喜んでいて、おれも嬉しくなった。でもそんな文言はそういう会に初めて出たらテンプレートで言われるだろうと思ったけど、言わなかった。

「そんで終わったあと、今コロナなのに、リアルミーティングできてることが奇跡だね、っていう話になって。他の高円寺とかはリモートツール使ってやってるみたい。でも感染者が出たらどうしよう、とりあえず集まるのはできなくなるから、コロナかかったらお互い言おうねってなったけど誰も連絡手段を持ってないどうしようってなったわけ。で、あたしが『ＳＮＳでグループチャットを作って感染したら報告すればどうでしょうか？』って言ったら皆ＳＮＳとは……ってなって、マジでヤバイひとたちは社会と隔絶されてるからＳＮＳが何かもわからないんだって。確かにおばちゃんとかおじちゃんとかも多かったし、そういうの疎いのかなあ。リモートツールわかってＳＮＳわかんないって謎だけど。でもまあそれは置いといて、あたしはＳＮＳがわかんないひとたちのために、インストールするところから丁寧に教えてあげたの。で、グルチャ作って、動くスタンプとか投稿したら、皆うぉぉ、何これとか興奮してさ。あたし皆が喜んでるの見て、人助けとか好きなのかもしんないなあと思って。自分でも意外だけど」

おれはちっとも意外じゃないし、ミニが自分でそれに気づいていないことにびっくりした。人助けが好きじゃなきゃ、金を得たいだけの俗物が喜ぶからって必死で詐欺なんかしないだろう。

「……ミニはそのミーティングで何言ったわけ？　あ、聞いちゃいけないのか。

その場だけに留めとく話なんか」
「いや、別にいいよ。『ボコボコに殴られてから、産むんじゃなかった、って実の母親に言われました。ありがとうございました』って言った」

二月六日、ミニは小説部屋に二日間帰ると真木さんに嘘をついて、カーテンの閉め切られたおれの部屋に閉じこもっていた。おれがパソコンの前でミニのフェイク広告を運用している間、茶色の毛布にくるまった裸のミニは険しい顔をしてスマホに何かを打ち込んでいた。おれはパソコンの薄暗い光でぐらり、と露わになったミニのデコルテに急に欲情して、抱きつこうと隣に寝そべったけど、珍しくミニはおれに構ってこなかった。いつもならその華奢な体をすぐにすり寄せてくるのにも拘わらずだ。ミニはSNSをやっていた。ミニのタイムラインには#M大臣は引退してくださいのハッシュタグが吹き荒れていた。ミニは何度も何度もそのハッシュタグをつけてこのコロナ騒動の中で見事なまでの女性蔑視をかまし無理やりオリンピックを開催しようとする愚かな政治家の振る舞いを批判した。ミニが大好きだと言っていた小説家がタイムラインにあげた「あざとい嘘はもうやめろ」というツイートを見てミニの顔はぐにゃりと大きく歪んだ。そして「夫婦　セックスレス　浮気　離婚」で検索して一番上に出てきた記事をクリックした。その記事のフッターにはミニの書いた七日間で胸がFカップになるフェイク広告が表示され、ミニはあーと言って頭をかきむしり、再度SNSを開き、#M大臣は引退してくださいとツイートして真の民主主義を求めた。そして別のSNSにも同様のハッシュタグをつけて投稿した。しかしタイムラインに表示されたのはまたミニが書いた、シミが三日で剥がれ落ちるフェイク広告だった。ミニはスマホを放り投げ、裸のままトイレへ歩いていった。ぐえぐえと胃液を吐く音が聞こえた。そしてトイレから出てきて廊下にへたりこんだ。ミニの目は禍々しく見開かれていた。これはマジで駄目なやつだと思ったおれは急いで駆け寄ろうとしたけど、ミニはそれを拒んだ。

「佐藤くん、今は来ないで、お願い、今は」

ミニは懇願していた。その小さな額の上に、びっしりと脂汗が浮かんでいた。そしてそれは頬を伝って顎から滴り落ちるほどだった。

「あたし、自分の養父母に、世界で一番大切な養父母に、この前兵庫帰ったとき仕事何やってんだって聞かれて、建設会社の事務やってるって嘘ついたんだ。あたしは『巨匠』でもなんでもない、ただの凡庸な、これ以上なく凡庸な、ただの悪だよ。ずっと、わかってたけど」

二月十一日の夜は星がたくさん出ていて、その呑気さのおかげで新宿から過剰な猥雑さが薄くなったように思えてちょうどよかった。おれとミニは手を繋いで飲み屋から家へ帰っている途中だった。でもミニは黙りこくっていた。昨日の夜からずっとそんな調子だった。

「ほら、星」

「うん」

ミニはそれをちょっと見たけど、なんも心に響いてないようだった。おれたちはまた歩き出した。

今日ミニは飲み屋で焼酎ばかり飲んで静かに酔っ払った。いつもウイスキーをロックで飲むのに、「気分じゃない」と言って断った。そして今、フェラガモのパンプスをカツカツいわせて千鳥足で歩いていた。それは通常通りだった。でもたまにおれが話しかけても、「うん」とか「へえ」とか、全部うわのそらの反応だった。何を考えているのか知りたかったけど、放っておくのが一番いいような気がしていた。そして何気なくおれたちの脇をいやに背の高い母親と薄い黄色のダウンコートを羽織った小さな男の子、それもこの世への信仰しかない目をした男の子が通った。でもそれが発端だった。ミニがいきなり声を張り始めた。

「上野の家にある唯一の刃物は包丁で、それを使おうと思う。最近急に酒の量が増えた真木さんの缶チューハイの中に、あたしが精神科から貰った眠剤全部突っ込んで爆睡したところを一刺しする。多分一度では死なないからメッタ刺しにすると思う、大量の血があたしの顔にかかって、まずはそれをタオルで拭くの。丁寧に。それから謝る。殺してごめんね、って。あなたが一番嫌いなフェイク広告ばっか書いて、小説書かずにごめんね、悪い妻だったね。佐藤くんとも浮気してるし。真木さん、一度過ちを犯したとはいえ、ギスギスした関係を修復するためにお洒落なディナーに誘ったり、気を遣ってくれてたのに、いい夫だったな、なんて見合わない女だったんだろ、本当クソ女だな、可哀想すぎて……なんでいつもあたしはこんな生き方しかできないんだろ、あのね佐藤くん本で読んだんだけどメッタ刺しにした死体ってちょっとヒクつくんだって。あたしはそれを凄く怖がると思う、だから引越しのときに使ったビニール紐で一応首を絞めて、全ての動きを止めてから、」

おれは初めてミニをぶった。ミニは靴を滑らせて簡単に崩れた、そんなできもしないこと言うもんじゃない。ここまでおれたちの関係が進んでも、結婚して一年も経たないうちに迫られて寝るような俗物と離婚できないのはおれでは補えない何かがあるってことだろう？　ミニの最後の安定を支えているのが真木さんで、見えにくい確かなものがきっとあるんだろう？　おれにはない何かが。おれには決して与えられない何かが。じゃなきゃなんで離婚できないんだ？

ミニは泣いていた。マンション前の道路でうずくまりながら。呼吸は荒くて、目は充血していた。おれはミニの手を強引に引っ張って起き上がらせ、エレベーターの中に押し込み5のボタンを連打してから、後頭部を引っ掴んで激しくミニにキスをした。それから背骨がはい出るぐらいにきつく抱きしめた。だってできることなら、殺せるもんなら、ミニをおれひとりのものにできるんなら、そうしたかったたからだ。

ミニは部屋に入っても、玄関で靴を脱がないまま続けた。

「そしたら、あたしと佐藤くんで稼いだ汚い金を持って、どっか田舎で駄菓子屋でもやるの。なんも考えずに、肌がじんわり湿る夏の日に、目を細めると太陽がうっすら緑がかって見えるんです。そんで両手を広げて、ピーピー言う紙の玩具あるじゃないですか。それ口にくわえて、子どもたちに売り歩くんですよ。お揃いの麦わら帽子被りましょうよ、絶対幸せですよ」

おれにはそんな夢物語をバッサリと切る勇気はなかった。でもミニの口を閉じさせたかった。だからいつものようにベッドに引きずり込んで服を脱がせにかかった。

「……佐藤くん、心中しない？」

潤んだ目が、あたしの孤独に触れて。と叫んでいた。

「あたしいつでも死ねるように精神薬ためこんでるんです。十七才のときからためてるから、きっともう何万錠もあります、佐藤くんの分も、きっとあります」

ミニは力強く言った。

死ぬなら死ねよと言えるわけがなかった。

「あたしのあざといフェイク広告は今の政治家と同じです。もう罪が深すぎる」

赤いシースルーワンピースのリボンをおれにほどかれたミニはひどく惨めに見えた。昼間はあんなに似合っていたのに。

「本気で佐藤くんと付き合いたいから別れ話してみるね」と言って帰ったくせになかなか別れ話が進む気配はなかった。おれはミニが離婚できないのをわかっていた。二日後もミニはおれの部屋にいた。

「あんた浮気したじゃんで終わるじゃん」

「親とかの問題があるんだよ」

「そんなの関係あらへんやん」

おれはもうどうしようもなくなる。離婚の話が進まなければ進まないほどミニの体ごと食べてしまいたいほど狂おしくなっていく。ミニが買ったバイブなんか使いたくない。おれの力でミニをよがらせたい。ミニのあざとさも、危うさも、自分のしたことへの過剰な責任感も、倫理的じゃないように見えて倫理的なところも覆い尽くしてしまいたい。自分がどんな残虐なことをしてきたとしても、ミニは小説家なんだから書きたいなら小説を書けばいい。おれはもう超えてしまっていた。愛してしまっていた。茹で上がるような暑さの中、おれのゴミ溜めのような部屋に、バーバリーのワンピースを着たミニが転がっていて、おれは服をそろりとめくりあげ、真っ白な太ももを舌で上へ舐めていく、ミニは腰を浮き上がらせ額には汗をかき始める、食べてしまいたい。セックスも暴力的になっていく。騎乗位で奥の奥まで突き上げる、ミニは大きな目に涙を溜めて天井に向かって叫ぶ。もう止めて、佐藤くん、好きだから。

「言い方悪いけど蹴ったら折れそうな脚してる」おれは吐き捨てるように言った。

「でもあと五キロ痩せたいですよ」おれは座っている椅子の内側にスマホをいじっているミニを座らせ、唾液を滴らせて背中を舐め上げる、その最中におれは先ほど吸いに吸った乳首にまた手を伸ばす。

「佐藤くんはあたしが可哀想だから好きなんですよね」

「真木さんの一件は可哀想だったけど、今はミニといたら癒される」

「そっか、ありがとう」

先ほどまでいじっていたからか、おれのデスクに放られたミニのスマホにはまだロックはかかっていなかった。

「少し寝たら」

「うん」

疲れていたのか、ミニは猫のようにすぐ眠ってしまった。おれはそれを確認してから、すぐにSNSを開いて、真木さんとのトークルームに文言を打ち込んだ。

「愛してる。すぐに会いたい。今から行ってもいい？　すぐ抱いてほしい」すぐに既読がついた。おれはかつてないほど高揚していた。

「いきなりどうした？　大体今どこにいるの？　新代田じゃないの？　会いたいって自分から帰ったんじゃない。もしかして誰かと間違えて僕に送ってる？」

「だって先に浮気したじゃん」

「はあ？　してないよ」

「じゃああのキスマークは何？　首筋についてた」

「いつの話？　もし何かついてんだとしたら、リリーだよ。あいつ爪長いの、ミニもよく知ってるだろ。もし仮にだけど、あなたが浮気したら僕はあなたに最大限の報復をするし、秒で離婚するよ。ってぐらい、浮気なんかしてないし、聞かれたこと自体腹が立ってるよ。さっきのメッセージ、誰に送ろうとしてたの。浮気してるよね？」

リリーは、確か真木さんの猫の名前だった。いつかミニに聞いた気がした。

おれはいきなり氷の棒で脳天を殴られたように固まった。そしてそのメッセージをずっと他人事みたいに眺めていた。おれは『一番初めっから』勘違いをしていたのか？　真木さんは新人と浮気なんかしていないのか？　ミニはただ結婚生活が飽きたから同情を引くため嘘をついておれと浮気していたのか？　セックスレスに耐えきれずにおれを弄んでいただけだったのか？

おれは自分の部屋をゆっくりと見渡した。四年前に入居したこの部屋——社宅として借りて三年強、引っ越すのがダルいからそのまま自分で再契約したこの部屋にはミニ以外、誰ひとりとして入れたことがなかった。でももう、すぐ沸かせるようにとデスクの上に置いてあるケトルにも、羽に埃のついた小さな扇風機にも、たたまれていない洗濯物が積み上がっているソファにも、とにかく部屋の家具の全部に、ミニの存在の匂いが、重く染みついていた。

おれは肩に頬をもたせて眠りこけているミニの横顔を見つめた。もう遅すぎた。

ミニは、おれの頂点だった。

ドアを開けてミニの部屋に入ると黒い遮光カーテンの隙間から緩やかな光が漏れ出していた。フローリングに散らばった大量の薬の屑は蝶の羽から振り落とされた鱗粉のようで――ミニは窓際に倒れていた。おれは焦りまくって救急車を呼んだ……彼女の引きつれたシルクのストッキングは、終わりを迎えた蘭のような強烈な甘い匂いを放っていた――その官能性に、震えながら、怯えながら、おれは額にキスをした。それからミニの手の近くに放られていたスマホを手に取った。心中を誘ったおれへのメッセージの打ちかけでもメモの書きかけでも、なんでも――おれのスマホには届いていないから、少しのメッセージがないか、今、確認したかった。この期に及んでも、おれは彼女を信じていた。彼女はおれに好きになってもらえるようにと百八十万をかけて鼻にプロテーゼを入れたから――でももうそれは彼女が幾度となくついた嘘かもしれなかった。彼女はただただ自分の抱えていた醜形恐怖症を治すために整形したのかもしれなかった。だが今更整形の動機なんてどうでもよかった。美しいのだから。鼻をいじったからか、スマホのＦａｃｅＩＤのロックは解除されなかった。でもおれは思い出していた。いつしか二人でおれの家に向かって歩いているとき、酔っ払いながら彼女が言った言葉を。『フェイク広告の巨匠』が言った本当の言葉を。

「あたしのクレジットカードの番号、１３１３なんですよ。だって人差し指と中指を交互に動かすだけで楽じゃないですか？」

「言わんでええねんそんなこと」彼女の性格上、なんでもパスワードは１３１３だと思った。案の定、ロックは解除された。おれはまずＳＮＳを開いた。こうなる前にミニは彼女の養母にメッセージを送っていた。

「酷い混合状態がきたの。鬱のときは希死念慮と、躁のときは性的逸脱がある」

「かわいそうに。季節の変わり目も原因だろうし、鬱のときにガッツリ飲んだ抗うつ剤が躁転に繋がったのかもしれない。ミニ、自分ではどうしたら和らぎそうだと思うの？」

「何も考えないようにすることが、今の自分には一番だと思う……。直接的解決ではないけど、眠剤で眠り続けるのがいいのではないのかなと思ってる。起きていると激しい希死念慮があるから。あと、今考えられる最大級の素晴らしいことをゆっくり考えてみるとか、それを行動するのではなくても、……」ここから彼女は養母に返信をしていなかった。おそらく、ミニはこのメッセージを送ったすぐあとにこうなった。本と書類でごっちゃになった無機質な部屋、生死の間を揺れ動く倒れたミニ、彼女の指に挟まれた煙草を照らす朝日……。

「なるほど、投げやりにならず、自分の調子が少しでも整う行動を取ること。昔、私の友人がオーバードーズで命を落とした。彼女は私の看護学校時代の先輩（しかし年下だった）で、彼女が看護学校卒業後、私が勤めていた精神科病院に『双極性障害』として入院してきたのね（私たちと同じ）。躁状態のとき、ミニのように性的逸脱があり、『発情』しては出会い系で男性と交渉してるようだった。訳あって、お姉さんの家に置いてもらっていたとき、お姉さんのご主人に迫られて、その後、そのことがお姉さんに知れてしまい、お姉さんは飛び降り自殺をした。当たり前だけど、友人の病状はかなり悪くなった。解離状態になり、三ヶ月ほど入院生活を送ってたみたい。退院後に彼女と会ったとき、表情には人格らしきものを感じることができず、まるで薬物中毒者のようで、本当にショックを受けたよ。真面目で、正義感の強かった凛々しい看護師さんの卵だった彼女は見る影もなく、妻子持ちの彼氏と付き合いながら、なおかつ出会い系で男を捕まえて性交渉するという状態が続いたのね。そしてお姉さんが亡くなったちょうど一年後、彼女はオーバードーズをして亡くなった。ミニと同じ、二十六才だった。さあ、怖い話はこれでおしまい……」おれは彼女のスマホをゆっくりと床に置いた。

おれは彼女との日々が単なる病気による『症状』だったかもしれないことなんかどうでもよかった。おれはミニを愛していた。もし目が覚めて最終的に彼女がどちらを選ぼうとも、彼女が一番初めに旦那と職場の後輩が浮気をしていると嘘をついたことなんか、もうどうでもよかった。傍にある白いローテーブルの上にさらりと落ちたミニの長い黒髪を見てさらにおれは焦った。彼女の目の筋肉はひくりと動いていた、だが養母のメッセージの中で語られたひとのようにミニは二十六才で死んでしまうかもしれなかった。病院からの電話を受けた真木さんはタクシーをぶっ飛ばしてやってくるはずだ。そしておれたちの関係も、薄い緑の椅子に項垂れて座っているおれの表情で一瞬にして理解するだろう。真木さんは頭が回るひとだから――。

「どうも」真木さんは病院にパシッとしたスーツ姿で現れた。こんな状態なのに何ひとつ服装が乱れていないのが真木さんっぽいなと思った。病院から会社に連絡が行って、すぐに来たのだという。

「本当なんて言っていいかわからないんだけど、見つけてくれてありがとう、佐藤さん」

真木さんは淡々と言った。

「いや、今日飲む約束をしていて、でもいつもなら即レスなのに何時間もレスがなくて、そのまま朝になって、ヤバいって思って、鍵も開けっぱなしだったから……」

「……ミニの小説部屋の住所はなぜ知ってたんですか？」

「貰った新しい会社の名刺に書いてあったので。それを会社の事務所に登記してるって言ってたので」真木さんは頷いて、

「鬱状態にあったのに、しばらく新代田に帰らせた僕の責任です。それで少しでも休まるなら、と思ったんですが。もっとちゃんと、見ているべきでした」と静かに言った。

それから二人でなんてことない会話を繰り返した。そうでなきゃおれも真木さんも発狂しそうだった。実際おれは喋ってからすぐ立ち上がったり座ったりを繰り返したりしていたし、真木さんの貧乏ゆすりは止まらなかった。

「もっとテレカンが広まればいいんですけどど。会議のためだけに会社行ったりして。佐藤さんはずっとリモートですか？」

「はい」

「……いつもミニの隣には佐藤さんがいますね。そういう友情、僕にもあればよかったんだけど」

おれは立ち上がった。

「友情……」

「夫婦をなめないでくださいね。僕はミニの『病気』のこと、『症状』のこと、わかってますよ。双極性障害について佐藤さんは何も知らないですよね」と真木さんは言った。じゃあ、わかってんなら、ミニの孤独をわかってるって言うんなら、なんで新代田に帰らせたんだよ、とおれは胸ぐらを摑んで叫びたくなった。

でもできなかった。何か行動を取ろうとすると脳味噌がショートした。

「……あのメッセージ送ってきたの、佐藤さんでしょう」

それから、何分経ったのかは正確にはわからない。看護師に呼ばれて真木さんは病室に入っていった。おれは立ち上がったまま動けなかった。しばらくして怒声のような泣き声が聞こえてきた。

蛸やったら、

朝方、鉄蔵がぷらぷらしていると尻の形が随分良い大柄の美人が酒の瓶を表へ運んでいた。

「見ねえ顔。名前なんていうの?」と極めてフランクな優男風で言おうと思ったのだが、実際口から出たのは、

「あの、多分新人さんですよね。お姉さんの名前はなんというんでしょうか」だった。どこにも行き場所がない、奉公するしかない、薄汚れた女中への恋だった。それも不器用な一目惚れ。

「うちか、絹や」絹はわきゃあ、と歯を出し猫のような欠伸をしながら言った。

「絹。大坂から来たの?」なんつったらいいのかなあ。こう、絹の感じが、俺にバシィイ、と来た、って感じかなあ。まあ勘違いによるシナプスのあれだよね。

鉄蔵は頭の中でひりひりと自分に向け孤独に弁解した。何で俺はこんな喜んで。

「そや。大坂」

もっと間近で絹を見たい、話を聞きたい、一緒にいたい。出会ってまだ数十秒しか経っていない。

「……というかその痣、なに? 顔、青なって。酷くない?」

「酷ない、言われても、うちの料理屋の旦那はんがしはるやん、しゃあないやんか」

「しゃあないレベルじゃないでしょ。女将は何も言わないの」

「女将はうちなんぞ助けてくれへんがな。若い女いうだけで目くじら立てとるわいな」

「そう」

「兄さん何してる人？」

「絵描きや。北斎。いや、北斎いうんはペンネーム。絵描くときの偽名やな。本名は鉄蔵いうんや」絹の言葉が移った。言った瞬間からかなり恥ずかしかった。

「なんで大坂弁やの。気持ち悪。ええけど」絹は目尻に皺を寄せて快活に笑い、

「もう中、入ってええか？　眠いわ、ほんま」と言った。もちろん鉄蔵には断る権利などない。だが、さらに鉄蔵は絹に喋りかけていた。

「お前、そんなんでいいのんか」

「何がや」

「殴られて終わるぞ、それで。一生」絹の顔がさっと薄く翳ったように思えた。

思えただけだ。

「ああ。もう。兄さん何言うてんの。ええのんや。別に、うち旦那はん好っきゃしな、殴られてると、なんかこんなつまらん女でも相手されとる思うんや。兄さんみたいに自分がこれしたいっちゅうこともないしな、ぼんやり死んでいくんや、そんなもんやろ、うち自分のこと大嫌いなんや、だからええんや」だいぶ日が昇ってきたときにする話ではなかった。

「旦那はんがうちの肋骨折ったときも何も思わんかったわ」絹のほうが、鉄蔵より、数万倍、上だった。

「とーんとくるわ」

「とーんとって、なんや」

「お前に惚れた、言うこっちゃ、おっこちきる」

「おっこちきる、って、なんや」

「ぞっこん惚れる、言うこっちゃ」

「やめて」絹は叫びのように目ん玉をひん剥きながらグロテスクに爆笑し、店の中へ入っていった。

その夜、鉄蔵は自分が持っているありったけの金を絹の店に持っていった。店は閑古鳥が鳴いているわけではなく、それなりに賑わっていた。

「どないしたんやこれ」絹は金をじゃらじゃらやりながら笑っていた。鉄蔵は絹が笑うたびに締めつけられた。

「強盗でもしたんけ？」

「俺は意外と稼いどんねん」

「何で大坂弁や」

「お前が好きやから移ったんや」さまざまな文献を急いで読み漁り、そして練習し、一日で自然な大阪弁を習得したとはとても言えない。

「俺はお前を少しでもわかりたい」

「兄さん、うちの旦那はんよりタチ悪いな」

絹は泣きべそをかきそうに、一瞬、顔を歪めた。

「でな。お前をモデルにして描きたいんや。その金は言うたらモデル料や。次のはなんやようわからんけど動物と女がヤッてる春画を頼まれてんねや」客が全て去った後に、鉄蔵は目の前に絹を座らせ真剣に言った。

「なんや一日で急に大坂弁うまなったな」

「俺の魂の奥底には実は大坂弁が存在してたんや。や、そんなんはどうでもいい」

「あんた絵描きなにゃろ。モデルなんぞいらん、想像力で描きはったらよろし」

「なんてドライなことを言うんだ」

「あ、江戸が出た」絹は酒豪だった。店の酒を飲み尽くすほどの勢いだった。

「絹は、動物やったら、何とやりたい？」

俺は金で絹を買収しようとしてんねやぞ？

「動物なんかとやりたないわ」

「そらそや。もちろんそや。ただお前もこの金でだいぶ楽なるやろ」どれだけ卑劣な男なのかと鉄蔵は思った。

「なあ、兄さん、あんたうちのこと可哀想やおもてるやろ？　わかんねん、だから嫌やねん、ありありとわかるよ、それ。あのな、もちろん同情より金やで。でもな、自分に巣食うもんってついさっき出会った男でなんとかならんやろ」

「正論言うな、おもんないぞ」

「人生なんかおもんないやないか。痛いだけやないか。だからな、あんたのその愛情っぽい何か？　迷惑や、言うてんねん」絹は、もう、笑っていなかった。

その瞬間、鉄蔵の腹が強烈に鳴った。ぐぅあああ、と鳴った。しかも、結構、鳴り続けていた。全財産を持ってきたから飯を食っていないことがバレてしまった。絹はため息をつき天井を見上げた。

「参ったわ、兄さんには。何か作るわ、待っとれ」

絹の作った汁飯はうまかった。出汁がきいていた。

「蛸？」

「そや。蛸」と絹が言った。

「蛸ぉ⁉」

訳がわからず、二度言った。

「お前、気、狂てんちゃうか。なんで蛸やねん」

「あんた、動物やったらなんでもええいうたやんか。うちは蛸がええって」

「だからなんで蛸やねんって」

「あんま言いたないわ。蛸、小さいのと、大きいの、二匹用意してな」

「だからなんで蛸やねんて」二人とも泥酔していた。

「吸い尽くされて、なんもかも、飲み込んでくれそうやからや！」

絹は店で絶叫した。鉄蔵は一瞬で鈍器で殴られたように意識がはっきりしていくのがわかった。


……目の前で絹が蛸に犯されている。鉄蔵はそれを眼差す、絹はあんあん言っている、痴呆のようにあんあん言っている、……蛸やったらええわ、蛸やったら。どんどんやってくれ。絹は笑う。はー、気持ちい、もうずっと殴られっぱなしやったんやで、多分、うち、人間とわかりあえへんのや、こう、ずっと、駄目やったんや。兄さん、あんたのこと好きになれたらどれだけ幸せやったかな、多分、兄さんは努力してくれはったやろな、でもな、いつか終わんねんそれも、うちはようわかってる。だから兄さんのこと、怖くて愛されへん。うちは化けもんや、なんでこうなってしもたかもよくわからん、色んな男に殴られすぎたんかな、だからな、動物とやって、それが兄さんの収入なんねやったらな、全然いいよ、兄さんのこと好きになりたかったたな。絹の口にへばりついている小さな蛸が、絹の紅が塗られた唇を思いきりぎゅうううううう、と吸う。鉄蔵は紙の上に思わず涙を落としたが、それでも、キッと顔を引き締め、絹の股間をまさぐる大きな蛸や絹の陰毛や痣だらけの額に浮かぶ玉のような汗を、描いた。

その春画は正直売れた。もう、笑っちゃうぐらい売れた。それで鉄蔵は考えた。この金で絹と逃げよう、と。もう絹を店の大将に殴らせたくない。

「……またあんたか。しつこい男やなあんたも。蛸の絵で儲けさしたったやんか、もううちに構わんといてや」

誰もいなくなった店の片付けをしながら、絹は心底迷惑なふうに言った。

「絹、逃げよう。明日の夜、この店の裏や、そこで待ってる。お前も『あの蛸の女や』言われすぎて迷惑しとるやろ。神奈川に行こう」

「色々言われるんはそらモデルになったたからしゃあないやんか。逃げるっておどれ、頭イカれとんちゃうか？」

だが次の日の夜、店の裏に絹はいた。

日本橋から夜通し歩いていく途中、絹はすっ転びまくった。

「なんやお前、酒呑んできたんか？」

「ああ、緊張しすぎて朝から店の酒全部呑んできたったわ」

「お前も大概やな」

と言いながらまた絹は転んだ。転びながら、だらしない口調で、言った。

「なあ、あんたの紋、背中に彫ってええか？　うち、あんたとこう生きてたこと、忘れとうない。今、うち、生きてるって思う。ちゃんと生きてるって、そう思う。あんたのこと、好きになり始めたんかもしれん」

鉄蔵がゆっくり絹の靴を脱がすと、一流の料理人が茹でた海老のように足が真っ赤に腫れ上がっていた。その瞬間、絹の足を海老が貪っているデッサンがバッと脳裏に浮かびあがった。鉄蔵はしばらく絹の小さな足をじっと見ていた。

絹は俺の紋を彫ってくれるとまで言っているのに、俺は何考えてんねや？

「……やっぱあかんかもな。逃げるなんて。あんた今、絵のこと、考えてたやろ。うちの足真っ赤やな。ほな蟹か。蛸の次は蟹？　蟹に足犯されてるうち描いたらまた売れるやろな」

「違う、俺はほんまにお前のことわかりたい、何もかも変えてやりたい、境遇も、考え方も」

「いや、やっぱ最初っからこんなん無理やったんや。あんたは動物とうちをセットでしか見られへん。あんたとうち、二人だけの世界はないんか？」

絹は悲しそうに笑って、

「左みい。富士も朝焼けで真っ赤や」

くらくらと美味しそうな黄色のイチョウ

夜の重苦しい靄《もや》の中で、くらくらとおいしそうな黄色のイチョウだけが錯乱するように揺れていた。かれは時間と寒さを忘れしばらくそれに魅入った。その千葉の奥地にあるイチョウの木に囲まれた自宅は彫刻家の妻のアトリエも兼ねていた。今日妻は美大時代の同級会に出席し東京で一泊すると言って朝、仕事に行くかれと共に家を出た。

かれはその晩、ひとりの生活を楽しむつもりだった。かれは歩いていって家の古い引き戸を開け、靴を脱いだ。そしてコートをハンガーにかけ、急いで暖房をつけリビングで部屋着に着替えながら大音量でテレビを流した。名前もわからない芸人が異国の怪魚と格闘しているのを尻目に冷凍庫のミートボールとラップに包まれた飯をレンジで温めながらビールを開けた。かれはその番組を見てげらげらと笑った。妻がいない夜をかれは心から楽しんでいた。妻の存在の気配が消し去られていることをかれは気づきもせずひとりの大衆的生活をくつろいでいた。三缶目のビールを空け、四本目のビールを取りに立ち上がろうとしたとき、かれは茶褐色の食卓の上に置かれた白い箱に気づいた。そして、その白い箱に手を伸ばして開けると、薄く上質な和紙で包まれた陰茎の彫刻が出てきて慌ててふためいた。赤黒い血管が電流のように走った、毛むくじゃらのそれ、いかにも今まさに切り取って持ってきたかのような、かれのものではない誰かの陰茎。

八年前、百貨店の経理の仕事をするかれと妻はちょうど今頃に行われた新年会で出会った。あの入り口に置いてある彫刻の。あ、あ、そうですそうです。初めの会話は確かそうだった。そのときはただの一雫の潤いに過ぎなかった、目の前に美女がいる、それだけだった。女の彫刻の意図も何もかもわからなかったし美術の教養もないが故に話も弾むわけがないが、明らかにクライアントに呼ばれたから来たに過ぎないという激しい倦怠が顔に映し出された目の前の女を放ってどこかに行くわけにもいかずかれは隣で酒を飲んだ。酒が進むにつれ、女が彼の四つ下の二十九歳であり、有名賞を受賞したそこそこ名の知れた現代彫刻家であり、ネットで検索すればｗｉｋｉｐｅｄｉａを筆頭にインタビュー記事などがずらりと並び、将来をさらに期待されており——それはそうだ、この若さで大手百貨店の店頭を飾れるほどなのだから――しかし話はさらに深くなり、女も酔っ払い始め、ほとんど事実婚状態だった同じく彫刻家の男が突然家で首を吊ってから人間不信になったという話を聞いてもいないのに話し出し、かれは目の前のこの女とこれからどうなりもしないと断定した。おれは魔法使いではない、女と違っておれはただの凡人で会社員なのだ、歪に入り組み重く閉ざされた心を開けるほどの愛や情熱などくだらない労働に貪られたこの体のどこにもありはしない、しかし連絡先を聞いて別れてから二週間後にかれは女と東京の自分の賃貸マンションで目覚めていたのだった。自分の腕に絡んだ、そのあまりに冷たい指に一筋ぴり、と通う血の生ぬるさを肌で感じたその瞬間、そう、その瞬間、女は生きている、生きている、――でももう疲れて、「普通の」幸せが欲しかったから昨日、近所のイタリアンで目の縁に涙を溜めて死んだ男との滅茶苦茶な生活の話を散々した挙句ここに泊まっていったんじゃないのか？　もっと温めてほしいんじゃないのか？　この女は、いつでも帰れる巣があればもっと羽ばたけるんじゃないのか？……色々考えるうちに――もう隣の女は勝手にかれの中で大輪の華となり勝手にそれまでの無味無臭の人生を覆い尽くし、意味不明としか思っていなかった女の彫刻の鮮やかな色彩が洪水のごとくかれの足をからめとっていくのがわかった。かれは勝手に女と結婚しようと思った。

付き合って一年が経ち二人で千葉に散策に来たとき、このくらくらと揺れるイチョウを見たのだ。奥には大きな犬小屋のような寂れた空き家があった。こんなところ、人が住む場所ではない、誰が買うんだと思った。でも、「黄色」と、女がイチョウと、かれを交互に見て、そう言ったのだ。それこそ、歌うように。かれは一年間で初めて女の、そんな歓喜の声を聞いた、女の鋭いまでに白く細い喉にかれは魅了された。黄色、と言うと同時に、見つけた。とも女の魂は言っていた。女はこのイチョウの木の群れに囲まれ確かにそのような本心を、素の気持ちを、かれに晒した気がした。かれはその家を買った。

それから女は妻になり、黄色いイチョウの光に誘われ閉じ込められた蝶のように陰気に、彫刻制作に励んだ。そのさまは苛烈そのもの、異様なエネルギーが妻の周りにびたと貼りつき、大きな仕事の前は痩せこけて話しかけるのも躊躇われるほどだった。しかもかれは彫刻制作の過程がこんなにも「あの」妻のイメージとかけ離れた泥臭いものだとは知らず、やけに苛々した。艶やかな黒髪を埃まみれにした妻がアトリエに何日間も、ときには何週間も籠るなんていうことは想定外だった。彫刻家だから当たり前なのにそれだけ「あの」妻に心を奪われていたのだ。たまに共に夕飯をとっても木のかすにまみれた妻にわけのわからない作品の構想を語られるのが単につまらなくなってきたのだ。あなたは野球やサッカーや、会社でのちょっとした愚痴でしか構成されていない男だと間接的に言われているような気がしてならなかった。その整った唇から繰り出される雄弁な語りにはいつもドブを煮詰めたような煙草の匂いがまとわりついていてかれは吐きそうになった。かれは煙草をやらなかった。妻が昔の男と住んでいた家から運んできた大量の彫刻、資料や文学作品を見るたびに針で爪と皮膚の合間をグッと刺すような血の怒りが湧いて滲んだ。「あの」妻の眼差しを熱烈に享受し続けるそれらをかれは憎んだ。初めて二人で迎えた、昔の東京の賃貸マンションでの朝の断片がまざまざと脳味噌を抉《えぐ》っていった。

昼休み、派遣の若い女の子が運んできた薄いコーヒーを飲みながら、後輩は言った。

「えっ。え？　本当に疲れてるんじゃないですか？　大丈夫ですか？　その彫刻？　奥さんの昔の男の型だって言うんですか？　……流石に、流石に……それはないでしょう。奥さんがいくら彫刻家でも、だって、多分型取りにそれなりに時間かかるでしょうから、その昔の男が寝てる間？　それとも死んでるのに気づいてからその型を取ったか、どちらかしかないでしょう」

「寝ているときか死んだ後かは知らんよ」

「それかその人も彫刻家なら、なんか、起きてても、どうぞどうぞ、型ぐらい取れよ、みたいな協力的な人だったのかなあ？」

「トイレ行きたくなったらどうするんだ。第一そんな変なやつはおれが生きてきた世界には存在しない」

「怒らないでくださいよ……」

「でもこれだけはわかるよ。写真撮ってきてお前に見せたらよかった。妙にリアルだし、もうそのものにしか見えない。玉袋や陰毛まで完璧だ。さすがプロだと思ったけど、明らかにおれのじゃないんだ」

「そんなん、写真撮られてきたって見たくないですよ……でも、もし死んだ後、警察に電話する前にもし型を取ったんだとしたら、一晩とかかかりますよね？　すいませんけど、奥さん気が狂ってるとしか思えませんよ。型を取るのにどれぐらいの時間がかかるのかなんて僕のような素人はわかりませんし、そもそもですよ。まずね、第一、その男のものかもわからないじゃないですか。ただ、彫刻家の方だから、なんか作ってみよ、純粋にそう思っただけかもしれないじゃないですか。何で型取りしたのかはわかりませんけど……今、Ａｍａｚｏｎで何でも買えますやんか。だから僕ら百貨店がひいひい言うてるじゃないですか。まあそのちょっと作ってみよ、って考えすらちょっともう僕なんかは信じられないですけど……色々考えすぎですよ。今晩、飲みに行きましょ、久々に。奥さんも帰るの遅いってさっきＬＩＮＥ来たんでしょ」

「逆に、今、おれが飲む気分だと思う？」

「飲んだら変わるかもしれないじゃないですか」

「……」

時計の針が一時を指した。そしてキーボードを打つ音がまた始まり、オフィスの中が電話やらシュレッダーやらの雑音で覆われた。しかしかれは当たり前に全く集中できず、自分のデスクの上の、長年使っている灰色の電卓に仕方なく目を落とした。

夜の重苦しい靄の中で、くらくらとおいしそうな黄色のイチョウだけが錯乱するように揺れていた。かれは後輩と何軒もハシゴして泥酔していた。終電なんかいいですやんお姉ちゃんの店行きましょうよ、という魅惑的な誘いを断って、千葉に帰ってきた。重苦しい中年の体を引きずって、家の古い引き戸を開け、靴を脱いだ。そしてコートをハンガーにかけ、急いで暖房をつけリビングで部屋着に着替えながら大音量でテレビを流した。名前もわからない芸人が異国の怪魚と格闘していた。昨日も怪魚と格闘していたのにまた今日も怪魚と格闘してるのか。怪魚と格闘するしか能がないのか。でもかれはその番組を見てげらげらと笑った。昨日の芸人よりもリアクションが上手くてなんだかかれは笑い転げた。しかし即座に怪魚で笑い転げている自分のつまらなさに発狂しそうになり、陰茎の彫刻を見つめた。

かれにはわかっていた。おそらくそれが昔の男のものだということを。伊達に八年間一緒にいたわけじゃない。必然性のないことなどあの女がするわけがない。あの女は男が死んで遺しておきたい、と思ったから型を取ったのだ。それと同時にかれにはよくわかった。自分が結局、あの女の心を全く奪えなかったことを。こんなものを目につく場所に置いていったことが全ての証明だ。ただ、あのイチョウの黄色に狂わされて、幻を見ていったのだとも思った。

鍵穴ががちゃ、といった。かれは玄関を見つめた。

くたびれもうけ

ダリの描く肉体的な雲が点在していた。瞬間的にリコは高校のときに見た美術の教科書のダリの絵を思い出していた。威圧的な絵だとそのときから思っていた。今のリコには荷が重すぎた。空が近い。リコは目を細めた。太陽は乾いた初夏の猛威をふるい、木造の家やそびえたつ電柱をじりじりと無言で圧迫し、震えあがらせていた。道路のコンクリートは熱されて黒光りし高徳線板東駅の目の前に止まっている淡い水色の軽や、白い軽トラックの輪郭線とぬら、と混じり合っているほどだった。時々、忘れていたかのように風が生温い手でリコの肌を撫で、個人商店の青いビニールシートが頼りなくぱた、と揺れた。リコは歩き出した。

「おまはん、どっから、な？　お遍路？」

右脇から人の好さそうな声が聞こえた。

「……東京から」リコは涼し気な薄緑色のサンダルを履いた足を止めて言った。

その初老の男は野生を捨てた柔らかな熊のような顔をしていた。

「道わかる？」

「……」

新宿ルミネで買った、刺繍の入ったただぼついたトートバッグの中には、手術直後のずたぼろなリコが産婦人科の本棚から盗んできた『るるぶ・四国お遍路特集』の雑誌が丸まって入っていた。だがそこに描かれている地図は限りなく大雑把で元から方向音痴なリコには使いこなせそうになく、地図アプリの入ったスマホの充電もあまりなかった。歩き出したものの、という状態だったリコは、手招きに従い、男の家に入った。

まずリコの目についたのは、彼女にあてがわれた小さな椅子の脇に置いてある、サイズだけ巨大な、素人目に見ても下手くそな油絵だった。
「お接待ありがとう言うて送ってきたんや、わしは絵についてはようわからんけどな」

男は目を輝かせながら、数年前にここへやってきたという、その画家志望の女のことを心の底から嬉しそうに話した。まるでリコの目の前にその女を完璧に再現させてみせるかのような熱量で。……その他にもその家には、はちきれんばかりにお遍路に訪れた人間の痕跡が残されてあった。壁一面にずらりと貼られた写真……金剛杖《こんごうづえ》を持ってガッツポーズを取る若い男、また梵字《ぼんじ》の入った竹笠《たけかさ》を被り満面の笑みを浮かべる健康的に日焼けした女……ようやくリコは自分が、実に無自覚なまま、尻の出そうな短いスカートと臍の出そうなタンクトップと長時間歩く気のないサンダルという浮いた出で立ちで、まるで殴り込みのようにこの場所へ訪れてしまったことを知った。自分はお遍路の作法をきっちり守った彼らと正反対だとリコは心の中で失笑した。だから、「おまはん、ほんな靴でお遍路行くんえ？」という男の正しい問いをはぐらかすことしかできなかった。さらに男はお遍路の心得として珈琲を飲みながら大きな身振り手振りを用いて仏教において私たちは何のために生まれたのか死んだらどこへ行くのか、真の幸福とは何かについて語りまくしたてた。その怒涛の勢いを目の当たりにしてリコはなんと自分がつまらない矮小な人間であるかを思い知った。極めつけは飲みかけのジュースや皮の剥かれた蜜柑と共に机に置かれていた分厚く黄ばんだ一冊のノートだった。そこにはお遍路を行う人間たちが書き残した純粋な欲望、例えば「医学部合格」や「結婚成就」などの具体的な項目が実に細かい文字でびっしりと書かれておりリコはどうしたらいいのかわからなくなった。男はボールペンを渡し、そこに「何か」を書くようリコにすすめた。

瞬間、頭が空になった。ここに他の人間が書いているような願いは自分にはない。でも……本当のことを書こうと思った。この場所で、そしてこの純真な男の前で、嘘をつく必要がないと思ったからだった。「堕ろした子どもが私を憎んでいるか知りたい」……そんなこと知れるわけがない。極めてナンセンスな、それでも自分にとっては切迫した一行を書き終え、リコは思わず目を閉じた。オギャー、ギャー、オギャァア！　……無機質な、東京のアパートではない、独特な埃の匂いに満ちた徳島のこの部屋の中でも、またあの苛烈な幻聴が脳髄を打ちつけるのがわかった。それがようやく薄れた、と気づいたのは、この家のテレビから流れる朝の情報番組の呑気な食レポが耳にすんなりと入ってきたからだった……。

「ごっつい顔色悪いでぇ！　ほんにどないしたん？」

リコは過剰に心配されながらも、男に一番目の寺に連れていってもらった。そしてお遍路に行くならせめてこれだけは、と懇願されたので寺の脇にある小さな売り場でリコは仏に出すための納札《のうさつ》と橙色の輪袈裟《わげさ》を買った。そこに立てかけてある姿鏡には、虚無を覆い隠すように化粧をばっちり決めた都会の若い女が無理やりにお遍路に合わせようとした失敗作のようなものが鮮烈に写っていた。

明日からまた会社が始まる、だから今夜の夜行バスでまた帰らなければならない。だから冷静に考えて辿り着けるのは六番目の安楽寺までだ。

リコは門の前で男と別れ、二番目の寺に向かって歩き出した。空は切実なまでにすこんと澄み渡っていた。ぼろぼろと木に実っている熟す前のすだちの香りや、うっと鼻腔《びこう》を締め付ける牛糞の臭いに誘われて、リコのささくれた心は少しずつ剥き出しになっていった。お遍路の道の、物理的な空虚さは未だ何も描かれていないキャンバスのようにリコの孤独を迎え入れたのだった。……オギャァ、ギャァ、ギャア！　ギャアァア‼　……リコは慌てて頭を振りたくる、早々に足の痛みを感じながらも……自分の勝手な都合で無理やり命の芽を摘んだ私には子どもを供養する権利などあるわけがない、中絶がいかに「世間で」認められていようともこれは「私の中で」は殺人にすぎない、リコはそう思った。だからひたすらに前のめりになって歩いた。歩いて身を刻むしかできない。ガッガッ・ガッガッ。リコは足を道に叩きつけるように歩いた。ガッガッ・ガッガッ。ガッガッ・ガッガッ。手の甲に汗の粒が浮き上がっていた。

リコはしばらくそれを見た後、ジージャンを脱ぎトートバッグの中にそれをぐいと押し込んだ。


この輪架裟《わげさ》をかけているからなのか、寺に行くと地元の人間たちは必ずリコに笑顔で話しかけ、「東京から、お遍路偉いねえ」と褒めた。リコは愛想笑いをしながらそれを受け流した。一晩の遊びでできた子どもを堕ろした女だと知ったら彼らは私を悪魔だと思うだろう。三番目の金泉寺の境内でリコは一組の男女と出会った。腕に刺青の入った、スキンヘッドの細身の男は首から華奢な金のチェーンをぶらさげていた、その佇まいには新宿をさまよう、雰囲気だけの汚いやくざ者にはない荘厳さがあった。巻き毛の、でっぷりとした肉感的な体型の女は男を支えるかのようにその少し後ろでそっと寄り添い、「今のリコには誰とも結ぶことができないと思われる絆のような何か」を体現しながらリコの心を押し潰すのだった。

「もし道に迷ったら。僕なんかはここが昔っからの遊び場なんで、道が頭ん中に入っとるんですわ」男は薄い眼鏡のレンズの奥から、新奇な眼差しと共に一枚の名刺をリコに手渡した。中古車販売業。取締役。おそらく地元でそれなりに成功し伴侶を手に入れた男なのだろう。

「おい」男は女に言った。

「はい」二人はリコに小さく会釈し、その場を立ち去った。

リコはその男がつけていた香水の残り香からあの晩のことを思い出した。……「今日は何て呼べばいい?」「リコって呼んで」「じゃあ、リコ。リコはなんでハプバーなんかに来たの?　そんなに可愛いのに」「理由なんかないよ寂しさを拗《こじ》らせただけ」「コンドームつけなくていい?」「いいよ……」もう相手の名前も思い出せない、あの見事に隆起した胸板と首筋から漂う、甘ったるいココナッツの人工的な香水しか……オギャアアア!　ギャアアア!　オギャアアアア!!

金泉寺から四番目の大日寺の間で、空気が変わったとリコは思った。雑草が生い茂る薄暗い森に続く峠を上がっていこうとすると、リコは湿度の高いぬめった土を踏みしめることになった。溜め込まれた生命がぷつぷつと発酵していく豊かな匂いがした。そこらには哀しく折れた枝が散らばり、ナイフのように鋭利な石があちこちで尖っている。全ての要素が人間の侵入をいちいち拒むかのようだった。

あっ

リコは登りきる手前で些細な小石につまずき盛大に転倒した。地面に横たわる大木の硬い根に額をぶつけ口の中に泥が入り込み、剥き出された生足から鮮血が噴き出していた。……強烈な鈍痛の余韻が体を支配し、動く気力すらもう出なかった。リコは横たわったまま、彼女のすぐ脇にいた巨大な、肉厚の墨色の蚯蚓《みみず》が凄まじい速度で自由に峠を這い登っていくのをただただ凝視していた。しんとした薄暗い森の中に響く、ずりずりずり……ずりずりずり……という音が深く耳に染み入った。動いている。全ては動いている、リコは思った。動いている、今、幻聴は聞こえない。全ては、動いている。

数分間、そのまま、じっとしていた。ようやくリコは立ち上がり、サンダルから足を引っこ抜き裸足になった。土を踏みしめ、震えながら色々なものに怯えながらそれでも歩いた。そして峠を降り少し歩いたところにある川で、白鷺《しらさぎ》がぶわっ、と飛び立つのを見た。

安楽寺に着いたとき、リコはそこにいたお遍路の人々に振り返られるほどの痛ましさだった。髪の毛には土が絡まり、頬も泥まみれで足からは血を流しさらに裸足の有様だ。それでも誰も声をかけることのできない圧倒的な強度が今の彼女にはあった。リコは安楽寺が何の寺かもはや興味がなくなっていた。重要なのはそこではなかった。

リコはずかずかと本堂まで歩いていき、薬師如来を睨みつけた。その瞬間、リコは崩れそうになった。赤銅色の肌に縁取られたその目がリコの心をぐ、と試して見透かしたからだ。真面目に働いていても生活するのに精一杯で、子どもを育てる金などもちろんなく堕ろした瞬間ホッとして喜んだ自分のあさましさを。さらに堕ろした子どもに憎んでほしいとまで願っていた自分の強欲さを。

俯《うつむ》いた。そしてトートバッグから何処に行くにも常に持ち歩いていたエコー写真を取り出し、その場でびりびりと破いた。

新代田から

新宿の思い出横丁は今夜もごった返していて、客のゲロとバナナの香りが混じった甘い匂いが漂っている。短い髪を金色に染め、派手なパーマをかけたモクはこの一角にある居酒屋で働いていて、店の掃除を終え新代田の家に帰る支度をしている。

「おいモク、このあとコムロの家で一杯やらね？」

向かいの店から声が飛んでくる。が、モクは片手を大きく振ってそれを拒否する。

「ちびっとも！　入んない、酒。今は。疲れたし。今日、客多すぎてやばば」

ライダースを引っ掛け、モクは店の鍵を閉め、イヤホンを耳に突っ込む。爆音のブルーハーツが流れ出す……

あれは、セックス後のピロートークだった。

「あたし、マーシーの『喪主』になりたいんやけど」

モクがマーシーの浅黒い喉仏を撫でながら言う。

「なんで『喪主』？」

「だって『喪主』ってさあ、一番そのひとの身近なひとって感じがせえへん？葬式で『どうもこのひとのためにわざわざお足元の悪い中お越しいただいてありがとうございました』って言うんやで？」

「俺の葬式の日、雨なんだ、まあ子ども捨てた駄目な男だからな俺、いいよ、結婚して俺の『喪主』になってくれよ、モク」

「マーシーが今みたく酒とか飲まなくなって、今日セックスした記憶も失くさないようになって、ボケてさあ、死んだら、あたし、爆音でブルーハーツの音楽かけた葬式やってあげる、マーシーが昔一緒にやってたVシネ俳優仲間たちも全員呼ぶから。全員。もちろんあたしが『喪主』」

「Vシネ俳優たちは呼ばなくていいって」


モクはふ、と目を閉じる――いつもブルーハーツを聴くと思い返されるのが五年前に決別し、今は死んでいるのか生きているのかよくわからないマーシーとの会話だった。

とにかくモクとマーシーは酒がきっかけで血塗れのズタボロの暴力沙汰の喧嘩

をして以来、音信不通だった。でも、今帰りの電車に乗っているときも、マーシーの写真フォルダを開いてウワーッとなってしまうモクだった。つまり、モクは、全然マーシーを忘れられていなかったのだった。当時モクは二十二歳で、マーシーは三十八歳、全てが煌めいていた。モクはあらゆる瞬間のマーシーを写真におさめていた。靴を履くマーシー、ふたりの部屋の床で眠っているマーシー、ビールを飲みギターを弾いて歌うマーシーを。実際、モクがマーシーの褐色がかった腕を優しくぐらり、とずらすだけでも物語が生まれ出す男だったのだ、モクにとっては。

だから二十七歳になった今もモクはマーシーと住んでいた新代田の家に住んでいる。家に着いたモクは乱暴にポストの中身を剥ぎ取り、仕事の過剰な疲れからか奇声をあげ、踊りながら部屋の中に入った。部屋はまるで魔窟のようである。吊り下がった裸電球、廊下にはレコードが積み重なり、大麻の香が焚かれ、何年も掃除機のかけられていないペルシャ絨毯がべろりと床に引かれている。そしてモクとマーシーの写真は壁の至るところに貼られたままだ。

モクは廊下のレコードにぶつかりつつ歩きながら郵便物を確認し、興味のないチラシを床に広げられた七十リットルのゴミ袋に放り込んでいく。その中に薄い桃色の封筒があるのを確認し、モクは煙草に火をつけながらソファに座った。そしてその封筒を破る。モクは香港経由で薬の個人輸入をしていた。中身は食欲抑制剤、オピオイド、それとあと見慣れない錠剤が一錠。それにはカードがついていた。

Hi!
I am a HONGKONG neuroscientist.
HONGKONG is dying.
HONGKONG is going to be the world of no dream.
The only thing we can do is dreaming of dreams.
Please pray for her. This is my gift for you.
May all of your dreams come true!

英語音痴のモクは、香港は死んでいる、あなたにこの薬をあげます、ぐらいしかわからなかったし、「なんすかこれ」と言いつつ、薬とあればホイホイ口に入れてしまうヤク中なので、躊躇なく薬のパウチを破って口に入れた。なぜなら、唯一、薬のみが値段分の価値をモクに与えたからだ。マーシーと別れたあと、ぽかっと空いた心の空洞を埋める役割をしたのは大量の薬だった。

そして席を立ち、マーシーと頬をあわせた写真が貼られた冷蔵庫からビールを取り出し、呷った。そしてベッドに倒れこんで、眠った。

それは駅の踏切だった。今年のクリスマスであることが商店街の飾りつけでわかる。マーシーは泥酔している。電車を告げるカンカンという音が鳴っているのにも拘わらず、棒をくぐり抜けてふらふらと歩いてゆく。そして、轢かれる。

それは雨の日だった。タクシーから降りて葬式場に着いたモクは泣き崩れて化粧が落ちている。マーシーの喪主はマーシーの母親だった。

「お足元の悪い中、雅彦のために来ていただいてありがとうございます」

モクは受付をやっているマーシーの友達に香典を渡し、会場に入る。そして、たくさんの花束が散りばめられたど真ん中のマーシーの写真を見る。その会場はとても静かで、マーシーの大好きだったブルーハーツはかかっていない……。

モクは飛び起きた。なんだいまのは？　高級なビデオカメラで撮られたかのような解像度で、触れそうな夢だった。スマホで時間を確認すると、眠ってからまだ三十分も経っていなかった。

モクは頭をぶんぶん振った。大量の寝汗をかいていた。とてもではないが眠れる気がしなかった。気分を変えなければならなかった。だからとっととベッドから抜け出し、白いスパンコールが散りばめられた派手なワンピースに着替えて、近くのハプニングバーに繰り出すことにした。女はタダで酒が飲めるから。モクは床に散らばったパンツやブラジャーを蹴り飛ばして、アパートを転がるように出ていった。そして急いで、がらんとした風が吹く新代田駅前まで走って、タクシーを拾った。

そのハプニングバーは渋谷の入り組んだ路地の中にある。モクはヒールをカツカツと言わせ、とあるビルの二階に上がっていった。そして黒い鉄製のドアの脇にあるインターフォンを押した。

「会員様でしょうか」

「はい」

するとすぐにドアが開けられ、スキンヘッドの、鼻ピアスをしたオーナーが顔を出した。

「おお、モク、来たのか、こんな遅い時間、珍しいな。明日も仕事だろ？」

「早く入れてや。酒飲みたいし」

「酒かよ、たまには男とセックスしてやれよ」

「たまにしてるやん」

「マジで、『たまーに』だろ」

部屋中の赤い壁の真ん中にミラーボールが吊り下がっている。モクはガラス張りの靴箱にヒールを突っ込み、大音量でAVが流されているバーカウンターに座った。ずっとあの夢のことを考えていた——後ろのソファ席で、バンバン男と女がヤッてるのに、ちっとも頭に入ってこなかった。

「ほらモク、ハイボール」

「ありがと。ねえ、変な夢見る薬って知らん？」

「なんだそれ。どんな夢見たわけ？」

「元彼が今年のクリスマスに死ぬ夢。香港経由で薬輸入したら紛れ込んでたんやけど」

「お前、そんなんばっかしてたら頭イカれちまうぞ」

「あんたも輸入してるやろ。偉そうに。ねえ、知ってる？　知らん？」

「ああでも、この前、客がそんな話してたような気がする。なんか変な夢見るって。でもその内容が本当かどうかはわからないけど……みたいな」

モクは戦慄した。

「どうしたどうした、顔、真っ青だぞモク」

「いや……」

「それこそ、ここにもしょっちゅう来てるお前のソウルメイトの方が詳しいんじゃないのか？　お前に個人輸入教えたのもそいつだろ」

「ああ、Qちゃん」

「そいつだ。そいつに聞けよ」

モクは急いでスマホを取り出し、Qちゃんに電話をかけた。Qちゃんは同い年のフリーターで、色んな仕事を掛け持ちしているから出ないかな、と思ったらツーコールで出たのでモクは失われつつあった自我を取り戻した。

「おお、モク、どうした」

街の雑踏の音が背後からざ、と聞こえた。Qちゃんは外にいるみたいだった。

「いますぐハプバー来て。いつもの。お願い。一生に一度のお願い」

「お前さあ！　俺に一生に一度のお願いしすぎだろ？　あの、たまたま仕事終わりでさ今、ちょうど近くにいるから二十分ぐらいで着くから！　じゃあ後で！」

Qちゃんは大声で叫ぶように喋った。

「うん。お疲れのところ申し訳ないけど、爆速で来て。待ってる」

モクはスマホを急いで鞄に仕舞い込み、カウンターのハイボールを呷った。秒でなくなった。だから何度も注文して、何杯も呷った。煙草もガンガン吸った。

「お前らなあ……ここをお前らの会合に使うなよ。一応ハプバーなんだけど」

「Qちゃんは来るとき会費払ってるでしょ！」

貧乏ゆすりが止まらなかった。だからモクは焦りぎみに立ち上がり、ハプバーの中を歩いて回った。テーブル席ではじゃんけんで負けたら卑猥な言葉を言うというくだらないゲームがなされており、それに対してモクは無駄に強烈な怒りを感じた。こちらはそれどころではないのだ——マーシーの喪主はあたしがやる、とモクは今でも頑なに信じ続けていた。恋愛は十年スパンだ。今ダメでも、いつか。それはマーシーが五十歳を超えても変わらない。いつか、いつか結婚して、看取って、喪主になるんだ、モクは大量の薬で頭を失恋の痛みから紛らわせ、そう願っていないと、日常生活が困難になるほどだった。モクは蹴り飛ばしたい気持ちに駆られながらテーブル席を睨み、覗き穴の方へ向かった。純粋なセックスを見るほうが気持ちが楽になった。男と女は赤く長いクッションの上で絡み合っていた。ふたりは今なにを考えてセックスしているのだろうとモクは思った。モクもここで何度かセックスしたことがあるが、頭の中は空っぽか、マーシーのことを考えながらセックスしていた。

「モク」

Qちゃんはゼーハーいいながらモクの肩を叩いた。

「Qちゃん！」

モクの顔が一瞬にして輝いた。ふたりは一昨日も理由もなく新宿で飲んだのに、モクはその場で飛び跳ねてQちゃんに抱きついた。そんなモクをQちゃんはハイハイとなだめ、バーカウンターに誘導し、焼酎を頼んだ。

「で？　なんなの？」

「あのね、マーシーが今年のクリスマスに死ぬ夢見たんやけど……」

「あのなあ。お前のわけわからん夢のために俺を呼ぶなよ。所詮夢だろ。夢の話って、もうどこまでいっても『夢だろ』で解決すっから。ってかまたマーシーの話かよ、もう五年も経ってんだぜ？　いい加減次行けよ次。お前、見た目も悪くないってか世間一般から見たら美人の域に入るんだからゴロゴロいるだろ。マジでもうマーシーの話聞き飽きたって。ってかマーシー前の居酒屋辞めたらしいし、今何してんのか知らんけど、もうガンマヤバイっしょ。どっかでのたれ死んでんじゃねーの？」

「いや、いや、ごめん。話したいのはマーシーについてではなくだね、あの、個人輸入した薬の中に注文もしてない見慣れない薬が紛れこんでいてですね。それを飲んで寝たら例の、今年のクリスマスにマーシーが死ぬ夢を見たってことなのだよ。今クリスマス前やん。あの薬に何か特別な作用があったり……」

Qちゃんは目を輝かせた。薬の話はQちゃんの大好物だ。

「それ、知ってる！　売人から連絡来た。モク、それ買えるぞ」

「え、マジで」

「それ今、回り出した予知夢見れるってやつだと思う、ヤベー研究者がミスで作って裏でしか出回ってなくて副作用で過去の嫌な記憶も呼び起こすらしいけど、愛してるものとか、ひとだったら、愛し合ってるひと同士の夢しか見ないっぽい。しかも絶対その通りになるって！　日付もピッタシ！　俺のヤク中仲間が競馬狂いでさ、まさに競馬の予知夢を見て、マジでそれを買ったら当たったって言ってて。とにかく病的な愛を持ってるひとやものの夢を予知できるっていう……」

するとQちゃんの隣のカウンターで飲んでいた目つきが鷹のように鋭い男が言った。

「そんなもん、誰も信じてねえよ。ぶっちゃけそれただの願望でしょ？　売る方もクソだし買う人間もクソ。そこの女が見た夢も嘘だろどうせ。金儲けの手段にもならねえよ」

「うっせえ売人風情が。黙ってろよ」

男は気を悪くしたのか、カウンターを立って奥のテーブルへ行った。

でもモクはQちゃんが言っていた愛し合ってるひと同士、という言葉について考えていた。まだマーシーの気持ちが自分にあるのは想像し難い。なぜならまだ気持ちがあるなら連絡ひとつぐらい寄越すだろうからだ。

「とにかくその予知夢薬の理屈は簡単なんだ。錠剤を少なく飲めば、夢の解像度も低い。でも、多く飲めば夢の解像度も上がる。競馬狂いがバカみたいな金当てたから、信じてるぜ、俺はその予知夢薬」

「ってかその通りになる……⁉」

モクは固まった。

「じゃあ今年のクリスマスにマーシー死ぬやん」

「いや、でもお前がさっきの売人風情の言う通りその薬関係なく『たまたま』そういう夢を見ただけかもしれないじゃん。俺は予知夢見れるやつが回り出してるからその話したけど、実際はお前んとこに入ってたのがその予知夢薬じゃないかもしれないんだし、別の薬の可能性もあるだろ？　でも、もうマーシー死んでる説は俺の中で濃厚なんだけど。だってマジで音信不通だし」

「いや、なかなかリアルな夢でさ、手触りがあるって言うのかな？　あ、あと謎のカードもついてた！」

「カードはわかんないけど、手触り……馬券当てたやつも手触り、って言ってたな……」

「まさに今、回り出してるなら、多分それだと思う。死んでる説はわかんないなあ、マーシー酔っ払ってよく携帯失くすんだよ。ねえ、確かめに行かない？　ドライブもかねてさあ。それが本当の予知夢なのか、もう死んでるのか」

「どうやって」

「マーシーが自分の子ども、秋田のおばあちゃんのところに預けたって言ってたのね。あー！　場所どこだっけなあ……ってか売人から買えるなら、Qちゃん経由であたしがそれ買って、その薬飲みながらさ。本当に今年死ぬのか死なないのか確かめられるならいくらでも買いますよあたしはその薬を。過去の辛いこと思い出すんだっけ？　その副作用だってドンと来いですよ。しかもさすがにもう死んでたら家族には連絡行ってるでしょ」

「いつ行くの」

「今でしょ！」

「お前なあ、適当なこと言うなよ。薬を調達するので最短二日、俺ら金ないから新幹線とか飛行機とか乗れないし、秋田まで行くためのレンタカー借りなきゃいけないし、朝出ても夜になるし、夜訪ねたら迷惑だし、次の日訪ねるとしてもさあ……俺、明日明後日シフト入ってるし。お前も仕事だろ、ってか子供が預けられてるのはどこなんだよ」

「『カトウ電気』だわ。今唐突に思い出したわ」

そう言ってモクはへらへら笑ってQちゃんのぼさぼさの頭を無意味に撫でた。と同時にバーカウンターのすぐ近くで酔っ払った男女の濃厚なセックスがいきなり始まったが、モクもQちゃんも特に気にしなかった。

モクはスマホを取り出し、三菱ＵＦＪのアプリを開いてQちゃんに見せた。

「これ、あたしが十八で上京してからコツコツ貯めたお金」

二百万強あった。

「これ半分あげるから薬が手に入ったら協力して、お願い。あたしは適当なこと言って秋田行ってるときは仕事休むから。移動手段は車でいい。あたしも節約したいし。そしたら最短で十二月十三日出発ってことになるよね？　一生に一度のお願い」

モクは今泥酔してんなー、クラクラする、と思いながら頭上で「お願い！」のポーズをしながらバーカウンターに額を擦りつけた。なぜかあの夢がただの夢とは思えなくて、涙が目ん玉からバシャバシャ出た。カウンターに流れ出したそれに気づいたQちゃんが、

「モク、モク、泣くな、わかったから、頼むよ、」と頭を撫でながら言った。

「ハイボールと焼酎もう一杯ずつ」

Qちゃんが言った。

オーナーは怪訝そうな顔でふたりを見ていた。

十二月十三日の朝、QちゃんはよれたピンクのTシャツとチノパンという格好でモクの家までレンタカーで迎えに来た。それに反してモクはバチバチに化粧をし、モクに入れあげている客に買ってもらったシャネルのコートとワンピースに

ミンクのファー、バッグ、そしてなけなしの金で買ったルブタン――羊革で覆われた青と豹柄の配色のモードなヒールにサングラスという出で立ちで、現れた。

「馬鹿か。お前どこ行く気だよ。どっかのパーティーか？」

「どう？　都会の女って感じっしょ」

モクはわきゃあ、と八重歯を出して笑った。Qちゃんは痛々しくて見ていられない気がした。骨の髄まで愛し尽くしたマーシーが死ぬのか死なないのか、既に死んでいるのか確かめに行く旅なのに、と。モクのバッグにはQちゃんが調達してくれた大量の予知夢薬と眠剤と煙草しか入っていなかった。

モクが助手席に乗り込み、スマホを繋いで音楽をかけようとしたのを見てQちゃんは止めた。

「お前の目的は、薬飲み続けて寝て、夢見るだけだろ、何してんだ」

「……」

モクは静かに頷いた。Qちゃんは怖いんだろうこの旅が、と思いながら、ゆっくり車を発車させた。そしてモクは一粒薬を口に放り込んだ。

それはまだ付き合っていたときの過去の夢だった。モクが思い出横丁で働く前、校閲のバイトをしていて、マーシーは居酒屋で朝まで働いていたから、モクが朝出勤するときにマーシーが帰ってくる。もちろんマーシーは奢られた酒でベロベロになっている、とろんとしているが、目がしっかりとすわっている。モクはこれはヤバいやつ、ってか無駄に怒られるやつだ、と思いながらも、おかえりと言う。付き合って二年ぐらいが経つと、マーシーはその日の愚痴をモクにぶつけることが多くなっていた。

「モク、お前今日うちの店来ただろ」

「うん、行った。大繁盛やったね、凄かった」

「お前、喋りすぎなんだよ！　その場の空気、読んでますか？　ちゃんと、読めてますか？　自分が喋りたいことだけ喋り散らかしてカジさんに結局奢らせて、お前、ほんとなにしに来たの？　京都に帰れよ」

カジさんはマーシーの大親友で、社長さんだった。

でもすぐに他の夢がやってきて、それはふたりで池袋のサンシャイン水族館に行ったときのことだった。マーシーは酒で毎日怠いと言って、休日はほとんど寝ている。だから本当にそのデートが実行されるまでに二ヶ月かかった。でも、ようやく明日行ってくれると言った。当日ふたりはペンギンやらアシカショーを見たけど、マーシーはビールばっかり飲んで、ショーをほとんど見ていなくて、モクは「ショー見ろよ！」と突っ込んでいて、ふたりは笑っていた。

次の夢も過去の夢だった。もうその頃モクは思い出横丁で働き始めていて、固定ファンもつき始めていた。それを知ったマーシーが、朝帰ってきて、また、「お前の店、外から見てきたけど、他の男にあんだけ愛想振りまいて満足なのかよ⁉」と激烈にキレて、近くにあったコップをモクに投げつけた。ガラスが粉々になった……。

モクは目を覚ました。夕方だった。車窓の外で陰鬱な木々が揺れていた。

「……副作用って言ってもさあ、こんな過去の辛い夢も見なきゃダメなの？　Qちゃん、また夢にあの『手触り』があった、だからあたしが飲んだのもこの予知夢薬だと思う。どうしよう……？」

「そうか、じゃあ子どもにマーシーが死んでるか死んでないか聞けばそれが本当の予知夢かわかるんだな」

　Qちゃんは黙々と運転しながら言った。

「でも、どんだけ辛い夢見ても、愛し合ってる同士とか愛してるものの夢しか見ないいんだからモクにはマーシーしかいないし、実際そう思ってるんだろ？」

　思わずモクは泣いた。鼻水と共に涙をしゃくりあげた。

「泣くなモク、ただの夢だ。まだわからない。ただ、マーシーが既に死んででも、お前には救いがないけど……」


　十八時三十七分。まだ秋田まで到着していないが、Qちゃんは休憩をとると言ってサービスエリアに入った。モクは車から降りて、辺りの夜行バスを観察して回った。バスの天井には、アーチ状をした橙色のランプが計六つついている。カーテンの隙間から差すちろちろとした光が、幾何学的な模様になって天井を走り回っている。乗客が寝返る。通路をはさんだ隣で眠りこけている、特徴的なわし鼻をした若い男……アディダスの帽子を被って、胸にメタルのネックレスを着けているあの男はこんなに見られているとは夢にも思っていないだろう。

完全に夜になってしまう直前のサービスエリアはどうしようもなく手がかじかむほど冷え冷えとしていた。そのせいか、駐車場にずらりと並んだ貨物トラックや夜行バスのヘッドランプ、桃色の街灯は、ひときわキンと輝いて見えた。

モクは自動販売機でコーヒーを買い、喫煙所で煙草を吸った。

運転手が、休憩時間の終わりを緑のペンライトを揺らして示していた。その場でたむろしていた乗客がぞろぞろと帰り出して、Qちゃんも、

「そろそろ行くか、モク」と言った。

『カトウ電気』の前に着いた。完全に夜だった。店のシャッターは当たり前に下りていた。

「ここで良いんだよな？　モク」

「うん」

「近い駐車場探すわ。今日は車中泊になるけど。明日の朝かな、子ども、何歳なんだっけ？」

「確かマーシーが幼稚園のイベントの写真見せてくれたのが五歳のときのやつで、

今五年経ってるから十歳で、小学四年か五年、名前はジンくん」

「じゃあ通学前を狙うか……」

「……Qちゃん、なにからなにまでありがとう、ほんとに」

そう言ってモクはQちゃんの手を握った。するとすぐさまQちゃんは手を振りほどいて、車の外を見た。

「なに言ってんだ、お前と俺の仲だろ、ほんとに百万くれんのかよ」

「あげるって言ったやん！　あたしが買った薬分抜いて、それからの百万、ちゃんと渡すよ」

Qちゃんは笑いながらモクの頬をつねった。そして、

「冗談だよ、いらないよ。お前の貯金なんか」

と言った。


お互い眠剤飲む前に酒でも飲むかー、ということになり、近くのコンビニで酒を調達し、ふたりは駐車場のブロックに座った。幸運なことに駐車場は『カトウ電気』が抜群に見える場所にあった。灰皿はQちゃんが一気飲みしたチューハイ

の空き缶。

「ねえQちゃん、あたし今日眠剤飲むべきじゃないかな？　またあの薬飲んだほうがいいかな？　あれ結構すぐ眠気来るし」

「……わかんねーけど相当辛いの見たんだろ。いいよ明日子どもに会ってから、帰り道また飲めばいいし。ってかお前、マーシーが本当に今年のクリスマスに死ぬってわかったらどうするんだよ。絶対回避できないんだぜ」

「あたしも死ぬ」

Qちゃんは笑って、

「ほんとお前らって現代のシド&ナンシーだな」

「血塗れで愛し合ったカップルだし、それにあたしにはマーシー以外、なんもないもん」

「……そんなことないだろ。でもなんでそこまでマーシーにこだわるんだよ」

モクは缶チューハイをぐびびと飲み干して言った。

「あたしんち、虐待家庭だったのね。もう肋《あばら》とか折れて大変だったんだけど。で、逃げるように東京出てきたわけだけどさ。で、付き合ってるときにマーシーと一緒に飲み屋行ったのね。そんとき、犬連れてきてたお客さんがいて、あたしに飛びかかってきて、爪で鼻、抉ったわけ。飲み屋騒然となってさ、絆創膏ないか、血すげえ出てる、若い女の子の顔に傷つけて、ってなって。でも、帰り道マーシーが、『その鼻の傷、いいよ。似合ってる。モクはいつもズタボロだよな、生き方もズタボロで、なんか真夜中にハイになる薬バカ飲みして踊り狂ったりしてさ、痛々しいって言う奴もいるかもしれないけど、全力で、その感じ、すげえいい。格好いい。お前のズタボロさで曲書いてやるよ』ってベロベロで言って笑ったの。あたしの一番好きなあの笑い方で。あたしってさ、ずーーーっと生まれてから虐待されてきたわけで、ずーーーっとズタボロだったわけで、でも、そのズタボロさが、初めて肯定された気がしたの。なんかそれでいいやって思えたの。マーシーだけがいいなそれ格好いいなって言ってくれたの。だから、それからもう、マーシーはあたしの生きがいなの。そんなの言ったこと、マーシーは酔ってるから忘れてると思うけどさ」

「……へえ」

Qちゃんの煙草の煙がゆっくりと冬の寒さの中に消えていく。モクはそれを綺麗だと思った。

「じゃあもうマーシー以外考えられないんだ。子どもいんのに？　前の嫁とも最悪な別れ方したって聞いたけど。養育費も払わねえクズだぜ？」

「それでも。うん。養育費払わないのはマジでクズだけど」

　モクは即答した。

「マーシーがボケて、そこらじゅうにおしっことか撒き散らかしても、あたしはオムツ履かせて介護したいし、あたしのことわかんなくなってもいい。助けたい。死ぬときはちゃんと看取るんだ、って、それだけがあたしの人生の目標なの。思い出横丁で働くしょっぱい飲み屋のねーちゃんだけどさ、こんなでも、一応、目標があるのよ」

「ここまで思ってる女に音信不通なんて、マーシーも罪な男だなー……」

「ほんそれ。あ、靴擦れ」

　モクがルブタンを脱ぐとかかとが血塗れだった。モクは笑って、

「あたしってほんとズタボロやな」

と言った。

「そんなん履いてくるからだろ、コンビニで絆創膏買ってくる。待ってろモク」

モクがいいよそんなのたかが靴擦れで、という前にQちゃんはふらふらなのに立ち上がって、コンビニまで歩いていった。その後ろ姿を、モクはじんわり眺めた。三日月だった。


Qちゃんに叩き起こされてモクは飛び起きた。

「起きろ！　起きろモク‼　『カトウ電気』のシャッター開いたぞ」

「ふええー、Qちゃんちゃんと寝た？　もしかしてスタンバッてた？」

「寝たよ。子どもが出てきたらお前、すぐ行け、すぐ。俺は車閉めてから行くから、子ども追いかけろ。靴が邪魔で走れないなら、お前裸足で走れ」

「わかった」

「あ、出てきたぞ、あの黒いランドセルの子だ」

モクは分厚いコートを体から剥ぎ取り靴を車の中でぶん投げるように脱いで、ドアを開けて走った。

「ジンくん！　ジンくんちょっと待って！」

ジンくんが振り向いた。モクはハッとした。目鼻立ちの整い方が、マーシーそのものだった。ジンくんは最初モクを無視して歩いていこうとした。

「ジンくん！　お願いだからちょっと待って！」

ジンくんは心底迷惑そうだった。

「……あの、お姉さん、誰ですか？　なんの用ですか？　っていうかなんで僕の名前知ってるんですか？　おばあちゃんから知らないひとと喋るなって言われているんですけど」

その口調はきっぱりとしていて、モクは少し笑いそうになってしまった。この子はマーシーみたいにふらふらとした生き方をする子にはならないだろう。Qちゃんも遅れてやってきた。

「あの、お父さんのことで、質問なんです。あたしたち、あなたのお父さんの知人で。はっきり言うと、お父さんと音信不通で。今なにしてんのかもわかんなくて、正直困ってる状態なんです。最近、ジンくんのところに来たりとか、そういうのは、ない？」

「小学校の入学式のときには来てくれました。でもそれも四年前とかです。あんまり来れなくてごめんな、って謝ってましたけど、僕は一切父を父だと思っていないので、関係ありません。質問は以上ですか？　僕、学校行かないといけないので」

「あの、ごめんなさい、もうひとつだけ」

モクの心臓が震えた。これであの夜見た夢が、予知夢かどうか、わかる。わかってしまう。

「警察のひとから、お父さんが死んだとか、そういう連絡は来てない？」

「父は死んでないですよ。僕は無視してますけど、ＬＩＮＥとか送りつけてくるんで。では」

ジンくんがランドセルを背負い直してすたすたと歩いていく――とりあえずモクは頭がパキッと凍りついたようになって、鞄からまずは煙草、まずは煙草に火をつけ、でも指が震えて、吸えなくてすぐに地面に落として、

「モク」

モクは鞄の中に入っている予知夢薬を全部出して、水もなしで一気に口に放り込んだ。

「おい、なにしてんだ!!」

するど、急に耐えられない眠気がやってきて、モクは地面に倒れ込んだ。


それは最初に見た夢と同じ夢だった。いや、もう少し詳しかった。

駅の踏切の前に泥酔したマーシーがふらりとたたずんでいる。年季の入った黒い革ジャンを着ている。モクと付き合っているときからずっと着ている革ジャン。そこら中の家や商店街がびかびかとクリスマスの飾りつけをしている。モミの木にサンタまで飾りつけている家もあった。その形の良い目が完全にすわっておりマーシーは泥酔している。そしてマーシーが革ジャンのポケットからなにかを落とす。それは風に吹かれて線路に落ちる。マーシーは躊躇いもなく降りてくる棒をくぐり抜け、それを拾いにいく。それはジンくんと小学校の入学式で撮ったらしき写真だった――マーシーは自慢げに慣れないスーツを着て、入学式と書かれた看板の横に立っている。ジンくんも満面の笑顔だ。それを線路の上でしゃがみ込んでマーシーは見ている。そして電車がやってくる。急ブレーキの音がけたたましく鳴るが、マーシーの肉塊が飛び散る。

雨の日だった。モクはカジさんから連絡を受けて部屋で呆然としている。だが、クローゼットの奥に掛けてある喪服を諦めた顔で取りに行く。そして喪服を着たモクはタクシーから降り、葬式場に着く。モクは蒼白とした顔でもうなにも言葉を発することができない。

会場に着くと、マーシーの母親から挨拶される。

「お足元の悪い中、雅彦のために来ていただいてありがとうございます」

モクはなんで自分が喪主でないのか、悔しくて堪らず、そこで立ちすくんでしまったところをカジさんに呼ばれ、ようやく自我を取り戻す。

モクは受付をやっているマーシーの友達に香典を渡し、会場に入る。香典には三万入れた。入れすぎだった。そして、たくさんの花束が散りばめられたど真ん中のマーシーの写真を見る。その写真は、モクが一番愛した、歯茎まで見せて大きく口を開けて笑うマーシーの写真だった。モクはひやりと冷たいマーシーの棺を触る。もうなにも言葉を発することができない。共通の飲み屋の友人たちは各々「ガンマがなあ」とか「朝から飲んでたからなあ、最期らへん」とか「モクと別れてからちょっと変になったよな」とかを小声で喋っている。その会場は参列者の会話を抜きにしてもとても静かで、マーシーの大好きだったブルーハーツはもちろん、かかっていない。


目を覚ますと、モクのアパートの前だった。夜だった。Qちゃんが、

「あ、起きたか」と言った。

「……ごめん、起きるまで待っててくれたの」

「うん」

「ごめん……」

「気にすんなよ、とりあえず家ん中入れ。そんで、普通の眠剤飲んで、もう今日はすぐ寝ろ。なんにも考えるんじゃねえぞ。間違っても変な気を起こすなよ。本当は今晩一緒にいてやりたいけど、今日はレンタカー返しに行かないといけないから。でも明日の朝来て、お前が首吊ってないか確認するから」

「わかった。わかった。いや、わかってないかもしんない」

「わかれ」

「わかりたくない、Qちゃん、あたし、わかりたくない。うん、全然わかりたく

ない」

「わかれ!! 今晩だけでも耐えろ、モク。そのあとは、もういくらでもお前に付き合ってやる」

「Qちゃん……!」

モクが抱きつこうとするとQちゃんは止めた。

「お前が明日の朝生きてたら、いくらでも抱きつけ」

Qちゃんは車から降りて、助手席のドアを開けた。

モクは部屋に入ると、目を閉じて歩いた。そこらかしこにマーシーの写真が貼ってあるからだ。意外と心は静かだった。受け入れられない気持ちと、受け入れる気持ちがせめぎあって、無になっていた。そして、ソファに座って、ようやく目を開け、Qちゃんの言う通りにした。蛇口にそのまま口をつけて水を飲み、普段より多く眠剤を口に放り込んでいった。オーバードーズ並みに飲んだ。意識を早く失いたかった。近くにあったウイスキーの瓶を開け、そのまま一気に全部飲んだ。マーシーと付き合っていたとき、モクはオーバードーズで病院に運ばれたことがあった。あまりにもマーシーの働いていた飲食店が忙しくなりすぎて、それが全部モクにぶちまけられて、参ってしまって、最後にはなぜか客の愚痴がモクの愚痴になる。それと怒った顔が怖くて、なにも考えたくないときに手持ちの薬を全部飲んだ。でも、今回は眠剤だけだから、病院送りにはならないだろう。

ガンガンとアパートの扉が叩かれる音でモクは目を覚ました。

「モク！　モク！　開けろ！」

全身が気怠かった。まだ頭に眠剤が残っていた。モクはふらつきながらドアを開けた。

「Qちゃん……ほんとに来てくれたんや、ってかまだ朝の六時やで、早い」

モクは笑った。

「いや、もう心配しすぎて寝れなかったよ、昨日はさすがに。だってお前なにするかマジで読めねえしさあ！」

「ありがと」

モクはQちゃんに抱きついた。しっかりと抱きついた。Qちゃんの心拍数が上がってきたのがわかった。モクはQちゃんが自分のことを好きだとわかりながら利用しているのだ。自覚はしていた。でももう何も考えられなかった。数分抱きついていたと思う。そしてQちゃんを家の中へ連れて入った。

「マーシーのことがあったから言えなかったたんだけど、キンちゃん入院したの知ってる？」

「え」

キンちゃんは、マーシーやらQちゃんやら共通の飲み友達だった。マーシーと同じくアル中だった。

「え、なんでってか酒か」

キンちゃんは酒で死ぬのが本望だといつも言っていた。

「そうそう。ハルちゃんも参ってるらしくて。しかもキンちゃん、酒だけじゃなくてこんな狭い新代田で他に女作ってたりしてたじゃん。ハルちゃんも結婚してからキンちゃんの女癖の悪さにビビッたって言ってたし」

「あたし、キンちゃんが他の女連れて歩いてんの、見たよ！　駅前で」

モクはキンちゃんと腕を組んで歩く、小太りの、おそらく四十代の、似合わないピンクのスカートを穿いた女を見たことがあった。

「ハルちゃんはキンちゃんが飲まないように一切金渡してなかったらしいんだけど、その浮気相手が金渡してキンちゃんに飲ませてたらしくて、一気にガンマ上がって……」

「一回禁酒に成功したのに、その女のせいやん」

「そうなんだよ。で、今キンちゃん、集中治療室だって」

「え‼　もうそこまで行ってんの⁉　間近やん……」

「だから、モク、言いたくないけど、喪服レンタルしといたほうがいい」

「……」

Qちゃんは頭を掻いた。

「そうだね。今から予約しとく」

「結構平然としてるな、モク」

「昨日大量の眠剤でだいぶ頭鈍らせてるから、それもあるかも。あ、デパスも適当に飲んどこ。今はなんも考えないようにさ」

「……それがいいよ、お前の頭がイカれちまわない程度だったら、それでも」

「Qちゃん、今日仕事は？」

「コンビニの朝番だったんだけど、夜勤に変えてもらった」

「それってあたしの様子見にくるために？」

「それ以外、なにがあるんだよ」

「なんでここまで優しい男に貰い手がいないかねえ……」

モクは煙草に火をつけた。Qちゃんも吸った。ふたりとも、無言だった。


キンちゃんは十二月の二十日に自宅で息を引き取った。次の日にお通夜が行われ、その次の日、つまり十二月二十二日に葬式が行われることになった。Qちゃんとモクはマーシーの葬式の予行練習を兼ねて葬式に行こうということにした。

モクはとびっきり上等な喪服をレンタルした。

「あんまりこういうの言っちゃいけないけど、モク、喪服似合うな」

「喪服似合うって褒め言葉なん？」モクは笑って、

「レンタルショップに行ったらさあ、ジェルネイルも落とすのが基本ですって言われてさあ、でも今のデザイン気に入ってるし、仕事でオフの時間もないしで、手袋で誤魔化すことにした」

モクは空中で手袋をつけた手をひらひらと遊ばせた。

「キンちゃんはそんなこと気にしねーよ。葬式に出てやることが一番の弔いなんだよ」

そしてふたりでタクシーに乗り込んだ。

ハルちゃんの顔は涙か酒かその両方かはわからないけど、かなりむくんでいた。葬式に集まっていたのは新代田や下北沢の飲み屋仲間の連中ばかりだった。浮気されていたとはいえ、最愛の夫を失ったハルちゃんなのに、意外とドッシリと構えていて、

「Qちゃん、モク、こんな馬鹿のキンのために来てくれてほんとありがとね」と涙ひとつこぼさず言った。モクは本当だったらこれはあたしの役割なはずだったのにな、と複雑な気持ちになった。

「あとでキンの顔見れる時間があるのね、だから適当に拝んで、上のホールにお寿司とビール用意してあるから食べて待ってて」

と言った。


上のホールに行ったら、目が吸い寄せられた。酒でさらにガリガリになってはいたけれど、その整った顔、何度も触れた少し長めの髪、褐色の手……。

「マーシー……」

「嘘だろ……」

Qちゃんが呆けたように呟いた。

「俺らに五年間音信不通だったのに……？　モク、すぐ行けよ！」

「行かない。はぁ？　行かない。なに言ってんのQちゃん。はぁ？　だよ。行かないって。行かないよ。席離れたとこで寿司とビール呷ろう。他人だよ。もうあたしたち別れたんだから。今日はキンちゃんの葬式なんだし、アル中の葬式では飲むのが一番だって」

モクは頭を掻きむしりながら早口でまくしたてた。

「モク……」

でもその瞬間、モクとマーシーの目がビタっと合ってしまった、合ってしまった、まだ愛し合っていることが目でわかった。モクは急いで目を逸らさないと、と思ったけど、逸らすことができなかった、だって、だって……。

Qちゃんは察して、マーシーがビールを飲んでいる場所から少し離れた席にモクを連れていった。でもそこからはマーシーがよく見えた。お互いが、ビールを呷り、寿司を食べながら、ずっと見つめ合っていた。その挙動のひとつひとつを、この空白の五年間を優しく埋めるみたいに、ずっと見つめ合いながら、確かめ合うように。モクの目からつぅ、と涙が流れた。そして、一回出たら止まらなかった。濁流のように、決壊したダムのように、それはドヴォッと零れ出た。マーシーの目も赤く潤んでいた。モクは小さく手を振ってみた。マーシーは一回止まったあと、それに応えた。もうダメだった。モクは席を立った。そして走った。

「テメエ、今までどこでなにしてたんだよ！」

モクはマーシーのスーツの襟を摑んだ。

「モク、今はキンちゃんの葬式……」

モクは泣きじゃくりながら叫んだ。

「なんで連絡ひとつ寄越さず消えたんだよ！　死ね！　お前が死ね！」

三日後にマーシーは死ぬのにモクは自分がなにを言っているのかわからなかった。

「落ち着け、モク……」

「落ち着いてられるか、ドボケが！　この五年、あたしがどんな思いで……」

モクは顔を覆ったままそのまま床に崩れ落ちてしまった。Qちゃんが飛んできてそれを支えた。

「マーシー、なんで音信不通にしてたんだよ。モクはずっと待ってたんだぞ、お前のこと」

「いや、オレはモクに酷いことしたから……」

「そんなのモクには関係ないんだよ！」

Qちゃんが珍しくキレた。

「テメエこのクリスマスに酒飲んだら殺すぞ、あんたの喪主は私だから！　あんたを看取るのはあたしなの！」

　モクは涙声で床から叫んだ。

「クリスマス……」

　マーシーは困ったように言ったが、もうモクは自分の行動を制御できなかった。立ち上がり、思いっきり抱きついて、その首筋から匂う、少し甘ったるい香水と汗が混じったあの懐かしい匂いを嗅ぐと、脇目もふらずに、その場で、大声で、号泣してしまった。


「全部、昔のままだよ、この家。マーシー、あんたが出ていってから、そのまま」

「ほんとだ、ほんとに昔のまま……」

　葬式が終わってからモクに無理やりに連れてこられたマーシーはまるでそこが他人の家かのように見回したが、

「これあんたの家だから。ちゃんと待ってたから。大丈夫だから」

　とモクは力強く言った。

「てかQちゃんと葬式のあとなに話してたの」

「いや、別に、これまでなにしてたのか、とかだよ」

マーシーはふらふらとホームレス生活をしたり、日雇い労働をしたり、工場で働いていたときはその寮で暮らしたりしていたみたいだった。

「事情があってね、三日間この家でマーシーを監禁しなきゃなんないの。あたしが仕事してるときにどっか行ったらマジで刺すからね」

絶対に回避できないのに？

あたしはなにを考えてんだろ？

モクは強引にマーシーをソファに座らせた。

「コンビニとかもダメなの？」

「コンビニ行くときはあたしも同行する。これ以上質問したら刺す、五年前の最後の喧嘩みたいに。マジで」

モクは台所から包丁を取り出してきてマーシーのTシャツにあてた。

「わかった、わかったから。あのときはかすり傷だけだったから助かったけどさあ……とにかくわかった」

それでもひとりでふらりと出ていってしまうのがマーシーだと、モクはよくわかっていた。

「ねえ、少しだけでも、この今から、たった今から、五年間を、取り戻させてよ」

モクはマーシーの膝の上に乗って、その喉仏を撫でながら言った。愛おしかった。狂いそうなほど愛おしかった。三日後にマーシーが死ぬなんて考えちゃいけなかった。

「……取り戻せるのかな?」

マーシーは心底困っているみたいに見えた。

「取り戻すよ。なにがなんでも。だってマーシーはあたしの男だもん」

「今でもそう言ってくれるのは嬉しいけどさ、でもモク、オレら、最悪の別れ方したし、あのときとは考えとかも、お互い変わってるし、第一オレはもうひととは付き合えないと思うし……」

「黙れ」

モクはマーシーの少し紫がかった血色の悪い唇に舌を突き入れた、頭の中でドーパミンがしゅわ、と弾けた。この瞬間をずっと待っていたのだ、モクはマーシーの唾液がなくなるまで長く長くキスをした。モクはキスをしながら泣き崩れていた。どれだけこの時間を渇望していたのかを思い知ったからだった。はじめ、マーシーの腕はソファにぶらりと置かれていたけどその後にモクの背中に固く、きつく、巻きついた。ふたりの体温が上がっていくのがどんどんわかって、ますますモクは泣き崩れた。モクは唇を離し、マーシーの髪を撫でた。

「待ってた。マーシーの考え方は変わったかもしんないけど、あたしは、この新代田の狭いワンルームで、ずっと、待ってた。マーシーのことだけ五年間考えて暮らした。正直色んなひとに前へ進めって言われた。でも、ちっとも響かなかったよ。あたしは帰ってこなくても、帰ってきても、マーシーのことを考えて暮らす女なんだって心底わかってたから」

「モク……」

マーシーはごめん、ごめん、本当にごめん、と言ってモクの頬を撫でた。

「いいよ。謝られても困る。一緒にいてくれるなら、内臓全部売ったっていい」

そしてふたりはビールを何本も飲んでから最高のセックスをした、それから手を繋いで眠った。全てが五年前と同じだった。まるきり同じだった。モクは、手を繋いだ瞬間、心の底から生きていてよかったと思った。しばらくして、モクは起きて、マーシーの寝顔を、何枚も撮った。明日すぐ現像しにいって、壁に貼らなければいけない。いっそのこと仕事なんてこの三日間のためにバックれようと思ったけど、とりあえず薬を買ったせいで金がなかった。深夜帰ってきて、この寝顔を見られるだけでも、それだけでも……。

十二月二十三日。

「おはよう」

「おはよう、モク」

モクは少し伸びた髭をこんな間近で見られるなんて思わなかった。

「昨日の夜ね、マーシーの寝顔の写真いっぱい撮ったの」

「やめろよ」

マーシーは笑いながらモクの腹を小突いた。

「お前、昔っからオレの写真撮りすぎなんだよ。過剰に。周りから引かれてたぞ」

「それでこれから現像しに行こうと思うんだけど、一緒に行ってくれるよね」

「そういや、明るいときにオレらがなんかしたことなかったよな」

「大抵マーシーが朝に帰ってきて、寝る生活だったからね。そうと決まったら早く起きて！」

モクは布団を剥ぎ取ったけど、お互い全裸だったから寒すぎた。マーシーはベッドの上で暴れてモクを爆笑させた。そしてすぐふたりで外に出て近くのカメラ屋へ行った。マーシーは夜行性だから太陽を見て目をチカチカさせていた。

「なあ、モク」

「ん？」

「昔お前、オレの喪主になりたいって言ってたけど、今もそうなの？」

「当たり前やん。他に誰がやんのよ、あんたみたいなクソッタレアル中の」

「そうか……」

モクは新代田の信号の明滅をゆっくりと見ていた。あえて渡ろうとしなかった。このままふたりでゆっくり仕事前の夕方まで過ごせばよかった。カメラ屋で現像した帰り、昼ご飯を買いにコンビニに寄ったとき、マーシーは求人誌を手に取った。

そして、

「ただいま……」

モクが深夜店から帰ってそぉーっとアパートの扉を開けると、思いっきりクラッカーが飛んできた。

「おかえりぃ!!」

「え!?　そんなクラッカー、うちにあったっけ?」

「さっき行ったコンビニに売ってた」

「ってかコンビニひとりで行ったら殺すって言ったやん」

「ごめんごめん。腹減っちゃって。でも晩飯の準備しといたから。オレがホームレス生活してたときに身につけたアルミ缶で作る味噌ラーメン」

コンロの上には、確かに小さな銀色のアルミ缶だけが乗っていて、その中に一人前分の味噌ラーメンが入っていて、それはとても美味しそうだった。モクはマーシーの腹に一発拳を入れて、それからふたりでビールを飲みながら、ラーメンを食べた。格別だった。


十二月二十四日、ふたりで朝からテレビを観た。それは録画してあった先週日曜日の『新婚さんいらっしゃい！』と『アタック25』と『ザ・ノンフィクション』だった。

「お前、まだこの三連チャン観てんの？」

「マーシーと日曜過ごすとき、いっつもこの三連チャンを観ながらご飯食べてたじゃん。あたしは五年間、続けてたよ、この習慣」

『新婚さんいらっしゃい！』を観ながらうだうだと登場カップルについて言い合うのが毎週のルーティーンだった。

マーシーが録画を見ながら、

「あー新郎さあ、ザ・ＩＴ成金って感じだなー」とソファに寝転びながら言った。

確かに、ベンチャー企業の社長をしています！　という新郎はぶっくぶくに太っていて、スーツがはち切れんばかりになっていた。顔も謎の油でギットギトだった。

「ってかこういうのと結婚する女ってこの男のどこが良かったんだろうね？やっぱ金？　金なのかな？　いや、鼻の下から異様にいい匂いとかすんのかな。匂いってそのひとと相性が合うかわかるらしいし」

「えー？　さすがにそれだけでは結婚しないっしょー」

「やー、ここぞポイントはひとそれぞれだよー」

モクは洗濯物を畳みながら呑気に言った。

「なあ、今からサンシャイン水族館行く？」

「なーに言ってんの。今コロナだから事前予約しなきゃ入れないよ」

「そっか……」

マーシーは寂しげに笑った。

「じゃあ今から下北行って飲む？」

「あんたは昼から飲んだらホント人変わるからダメ。それでズタボロの喧嘩したんじゃん」

「ごめん」

マーシーはあっさりと謝った。

「なによ。あっさり謝るような男？　あんたが」

「いや、悪いのは全部オレだったんだよ。全部」

そう言ってマーシーはモクに長いキスをした。モクは言い返そうと思ったけど、脳内でドーパミンが弾けて、もうどうでも良くなってしまった。

十二月二十五日、モクは初めて仕事を無断欠勤することにした。

「詳細は言えないけど今日はマーシーにとって大事な日だから、トイレ行くときも張りついてるから」

「仕事行けよ。ってかいつも通りだよ」

実際、モクは気が気ではなくて、マーシーが部屋の中で立ち上がろうとすると一緒に立ち上がった。トイレに行くときは自分もトイレの前で待った。冷蔵庫の中から水を取ろうとするときも側にいた。今日はなにがなんでもこの家からマーシーを出してはいけない。

それでもマーシーが入れてくれた暖かいほうじ茶を飲んでいるとき、強烈な眠気が襲ってきて、モクは死んだように眠りこけてしまった……。

夜、目を覚ますと、結構な量のビールの空き缶だけが残されていた。モクは切迫してわけがわからなくなった。そしてQちゃんに焦って電話をかけた。

「Qちゃん、マーシーがいないの。多分眠剤入れられた！　見かけなかった？」

「モク、今からお前に話さなくちゃいけないことがあるから、家行く」

Qちゃんは静かに言った。

「これ、キンちゃんの葬式のあとでマーシーに託されたんだ」

それは婚姻届だった。マーシーの箇所だけ書かれていた。達筆だった。そして手紙も入っていた。

「『モクへ。オレは死ぬこと、わかってました。喪主にさせてやれなくて、本当にごめん。お前のことやジンのこと、最後まで諦めきれなかったからこんな形でしか気持ちを伝えられませんでした』……てかなによこれどういうこと？　ねえ、なによこれ」

モクはQちゃんの肩を殴るように揺さぶった。

「実はマーシーも予知夢薬を飲んでたんだよ。で、夢でお前が自分の葬式で泣き崩れているのを見たらしいんだ。自分が死ぬことがわかってるから、五年ぶりに、戻ってきたんだよ！　で、せめてお前を喪主にしてあげようと思ってこれを書いたんだけど、子どものこともあるし、踏ん切りがつかなくて、Q、お前が預かってくれって言われた……」

モクは自分の欄だけ空欄になっている婚姻届を見て、目を伏せた。

「死ぬことがわかってるのに、なんでそれを受け入れて家飛び出していったわけ⁉」

「ジンにクリスマスプレゼント買う、今年のクリスマスには絶対送る、って言ってた……」

モクはコートを引っ摑んであの踏切まで走った……全力で走った……新代田と東松原を繋ぐ踏切まで。心臓が爆音で鳴り響き、顔と脇には信じられないほど脂汗をかいていた。マーシー、マーシー、……。モクが踏切にたどり着くと辺りの黒い木々が異様なほど不気味に揺れた。

想像した通りだった。

辺りには警官やらパトカーがうじゃうじゃいた。黄色いテープが貼られていて、野次馬の群れがその後ろの橋まで広がっていた。

「あたし、このひとの恋人なんです」

モクのか細い声では全く聞き入れられなかった、だから、

「どけっつーの‼」

と喉が割れるまで叫んで割り込んでいった。えらい騒ぎになっていた。すると

もう、救急車どころではなかった。マーシーは、夢で見た通り、肉塊になってい

た。

「モク！」

「ああ、ああ……もう、やっぱこうなったね、Qちゃん、あの薬は、正しかった

ねぇ、競馬の馬券も当たっちゃうんだもんねえ、せっかく、取り戻せたと思った

のになぁ……‼」

「モク、モク」

「うわあああああああああああああああ」

モクは突如発狂し、野次馬たちがモクの周りからザッと引いた。やがてその、

マーシーだったものには白い布がかけられた。何度も何度も夢に見た光景だから

耐えうると思っていた。だけど、無理だった。脳味噌がショートした。もうあた

しにはなんもない。人生の目標も。なんも。

「ああああああああああああああああ」

力づくでQちゃんが抱きしめてくれようとしたけど、モクは全力でそれを拒否した。

会場に着くと、マーシーの母親から挨拶された。

「お足元の悪い中、雅彦のために来ていただいてありがとうございます」

会場はとても静かだった。マーシーの友達がたくさん来ていた。

「モクだ」「モクが来た」周りの視線に耐えながらモクはマーシーの棺を撫でた。その葬式会場は重苦しくて、静まり返っていた。その重圧で思わず涙が溢れそうになったけれど、でも、モクは泣かなかった。その代わり、真顔で、一直線に会場にずかずか乗り込んでいって、マーシーの写真の前で、ヒールを脱ぎ捨て、スマホを取り出し、爆音でブルーハーツを流し始めた。「ドブネズミみたいに美しくなりたい――」葬式場のスタッフが異常に気づいて急いで飛んできた。二人がかりでモクを止めようとしたけれど、それをモクは全て力でなぎ払った。

「お客様、困ります。それを止めてください」

「ババア、うるさいっつーんだよ!」

モクは葬式場のスタッフを思いっきり蹴飛ばした。向こうの関節がぐにゃりと曲がったのが感覚でわかったが、より一層モクはスマホの音量を上げていった。

「あの、他のお客様のご迷惑にもなりますので……」

「うるせえ‼」

参列者の友人たちがわらわら写真の前に集まってきた。リンダリンダのところで、微かに皆が口ずさむのが聞こえた。リンダリンダ。リンダリンダリンダ。やがてそれは大合唱となり、モクは葬式場の床が砕けるように、あのマーシーが愛したヒロトとマーシーのように飛び跳ねながらリンダリンダとなにも考えずに叫んだ。


火葬場から白い煙が上がっている。モクはその煙をQちゃんとカジさんと、煙草を吸いながら見ていた。

「クリスマスに死ぬなんてある意味、幸せでいいじゃない、なんか、わかんないけど」

カジさんが言った。

「……そうですね」モクが言った。

「そうですね」Qちゃんが言った。

「ちょっとちょっとふたりとも！　なにしおらしくなっちゃって！　マーシーアル中なんだからいつ死んでもおかしくなかったんだからさ！　飲もう飲もう！　ほら！」

カジさんに缶ビールを渡されて、モクはひと口飲んだ。でも、ビールの味は、マーシーと飲んだときと、一切変わらなかった。

「ビールはビールなんですね」

モクは笑った。そして泣いた。

解説

中原昌也

常に「人が書いたものを読む」と「自分が書いたものが読まれる」という相互関係について考えさせるのが、他人の本の解説を書くという行為である。書き手の皮を被った追体験。しかし、そんな繊細な神経を必要とする作業のときでも、いまはコロナのことばかりに気を病んでしまっている。コロナ禍でみんなどうしているんだろうか？　などと凡庸なことを、冒頭からボンヤリ考えていたし、そのことばかりが脳内を過る。

そんな状況の中、この国の体制みたいなものはロクでもないと思っているので無視して、しょっちゅう友人たちと営業して酒を出している店を探し出して飲んでいるのだが、仲が良くて交流のある人々はともかく、何となくこうして自分が属しているはずの文芸関係の人々はどうしているのだろうか、と考えてみたくなる。

作家はやることがないので、全員思い詰めて、創作に励んでいるのでは。しかし、実際のところ、僕にはその手の職種である友人は殆どいない。いや、編集者たちには日頃から借金や飯をせがんでいるので、いつも近いところにはいる。打ち合わせと称する晩飯や酒の際に、他の作家たちはこのコロナ禍でどうしているのか訊いてみる。しかし、どの編集者からもハッキリとした答えを聞いたことがない。皆具合悪くなって、ものを書くどころの状態にないのであろうか。

ところで僕は一昨日の深夜、思いっきり地面に頭を打った。こんな状況にもかかわらず、ストレス発散と称して呑気に飲んでばかりいるのでバチがあたったというべきなのか。塞ぎ込んで何も書こうとしない、怠け者の書き手たちを出し抜いて、自分だけが堂々とした文学作品を生み出そうと企んでいたのに、どうも頭がハッキリせず、仕事どころではない。

脳震盪のせいか、横になって立ち上がろうとすると、猛烈な目眩が襲って吐き気に見舞われる。いや、結局のところ、実際には吐いてはいないので、どうも深刻な気分には欠ける。いやいや、そんな悠長なこと言ってないで、普通なら速攻近所の医者に行くべきなのだろうけど、保険証もなければ所持金もない。そもそもベッドから立ち上がるだけで、忽ち目眩が起こって気分が悪くなる。数時間前は少し状態が良くなった気がしたが、昨日よりは若干マシだけれども、やっぱりすぐにクラクラして横になりたくなる。宅配便が来て、玄関に行こうとして、机を倒してブッ倒れてしまった。

ネットで恐る恐る調べてみると「耳石がどうのこうの」と書いてある。いま自分を悩ませている症状は、恐らくこれであろう。

そんなときに限って、すぐにでも取り掛からねばならない仕事があったりする。それは新人の作家で、これがデビューである本の解説である。責任は重大である。

正直に言うと、地面で転ぶより以前から体調は優れず、とにかく視力が良くなくなった。ここのところ本が読めない。老眼が始まったのかと思っていたが、どうやらそういうことでもない……編集者から借りた老眼鏡が何の効き目もなかった。

これは単に狭い自宅の照明が、読書の妨げをしているだけなのか。しかし、先日どうしても書かねばならない書評の仕事があり、やっぱりゲラで読もうとしたのだが全然読めず、ちょうどタイミングよく本ができ上がったので、それを早急に読んだ。

まだ締め切りまでぜんぜん時間が（1週間以上）あるのに、催促がとてもうるさい。まあ、自分がこの業界での評価が悪い（ぶっちゃけ、どこでもそうだが）というのもあるけれど、ここまでうるさくされると余計に作業が遅くなる。もういい加減、ただでさえ書くのが困難で辛いのに、過剰な負担をかけてくるのは、仕事の妨げにしかならないのに。確かにやる気に満ちている人と比べて、若干書く仕事に対するモチベーションが低いのは事実であるし、プロ意識が他の書き手より低いのも確かである。かといって「嫌だなー」とか思って仕事するのも、それはそれで辛い。

この小説を読んでいて、大変頭を悩まされたのは、いったいいつに書かれたものなのかという疑問。登場する人物たちはマスクをしているのか否か。

しかし、読んでいくと、これがチラチラとコロナ禍の小説なのがわかる。コロナの真っ只中で、小説など成り立つのであろうか。若い書き手のものを信じない、という年長者の心の狭い話ではない。エイズでさえも他人事（なんてことはないのだが）であったはずなのに、もっと言えば戦争もオウムも9・11も3・11も結局は他人事であり、何人の人生が終わろうとも、どのような偉人が死去しようとも、それでも我関せずと小説は続くものだと思っていた。

単にこれは、一度コロナに感染し、後遺症として脳障害が起きているせいなのか、視力も落ちて、そのせいかこの1年あまり読書をしなくなったせいなのか。しかも頭を打って脳震盪で、余計に読解力や忍耐力を失っているせいもあるかもしれない。『フェイク広告の巨匠』。しかし、その前に私がこの表題作のタイトルを聞いたとき、まず最初にウィルソン・ブライアン・キイの著作を思い出さずにはいられなかった。30年以上前に、我が国でも『潜在意識の誘惑』と『メディア・セックス』、『メディア・レイプ』という3冊がリブロポートから翻訳出版されて話題になって、自分も二十代頭に読んだ記憶がある。雑誌の広告に「ＳＥＸ」という文字が、一見判別されないように刷り込まれているというサブリミナル効果というヤツだ。その隠されたメッセージを無意識下に読み込んでしまった人間が、やはり無意識にその商品を手にして、いつの間にか購入してしまうというアレ。映画『エクソシスト』でも、激しいカット割りの中に悪魔の顔が観客が直接気づかぬよう盛り込まれたり、子供向けアニメの中にも、暇で欲求不満のアニメーターたちがセル画のどこかに猥褻な言葉を書き込んで、幼い子どもたちに悪影響を及ぼす。他にも建築中の壁に、やっぱり猥褻な言葉を書き込んで、その上から壁紙を貼って胡麻化すという悪い企み。しかし、今日ではそれらが潜在意識に対する影響は、まったく否定されて、誰も真面目には相手にしていないようである、と最近ネットのどこかで読んだ記憶がある。

では、あの広告に刷り込まれた「ＳＥＸ」の文字は何だったのか？　見間違がわれた心霊写真のように、何の意味もなかった単なる目の錯覚だったのか。

しかし、現代では無意識というものを否定するかのように、そのような小賢しいことをせずとも運用型アフィリエイト広告によって、最早煩わしいこと抜きに人間を騙せる状況になっていた。

紛れもなく筆者も「四十代以上のいわゆる情報弱者」であるのだが、かといって文学に詳しい知識人とも違うのであり、読んでいて困惑してしまう。広告と小説という、どちらも虚業でしかない職種。どちらが一体罪が大きいのであろうか。

書籍代の安価に比べれば、当然広告がもたらす被害のほうが大きいと発する前に、個人的に作者の実像の一部（広告代理店経営）を知ってしまっただけに、これが書き手の実人生に、どのような関連性があるのか、どうしても想像してしまう。

自分などは、某宗教団体の広告塔の大先生とは違い、いかなる実人生や自らの思想など一切の関係も作品には残したくないと思って仕事しているので、ついつい差別的と読者に言われてしまうような恥ずべき発言を書いてしまう。それらは丁寧に編集者に直されるので、あまり文面には残っていないが。しかし、彼女の作品の場合はどうであろうか。

実の人生など関係がないと言い切るために、敢えて何となく関係あることを書く。その選択肢の多さに、中卒で貧乏家庭出身の自分などは嫉妬してしまう。大卒以外は小説など書く資格がない、と言いたいのではない。敬愛するジャン・ジュネなどは中卒貧乏どころか、ゲイで犯罪者だ！　そんなヤツが小説など書くな！　などと主張する輩は、無論敵であるが。

話題は大きく脇に逸れたようだが、とにかくいつの間にか、何故かわからないうちにスッカリ私はこの『フェイク広告の巨匠』という短編に、いつしか魅了されてしまっていた。

これは自分が知る由もない、社会人の世界、それによくわかってない業界を描いたものなのに。いや、会社員の世界が嫌いで、それを描いた小説が嫌なのでは決してない。源氏鶏太など、モロにサラリーマン小説なのであるが、嫌いではない（好きでもない？ ユーモア小説と名乗っているのが気に入らないだけだ）。実は彼女の小説を、勝手にエンターテインメント小説だと思って、読み始めてしまっていた。それではいくらなんでも調子が狂う。もう一度、読んで、やっと理解した。

高給取りサラリーマンが、純文学という貧しいはずの感性を超えて書けるのかは、コロナ禍でも文学は有効かという問いに通じる。インターネットのような軽薄なコミュニケーションが中心である現代では、最早貧乏人にさえも必要とされていない文学。

とりわけ後半の、主人公がミニと関係を持ってからの二人のやりとりが、小説として好みである。奔放で魅力的である才女に翻弄される主人公の姿は、大いに私の共感を誘った。終わりにさしかかる頃には、すべての読者が、このミニという女性に惚れてしまうに違いない。久しぶりに小説で味わう他者の愛おしさ。まさか純文学＝純愛などと、気恥ずかしいことを言おうとしているのではない。しかし、人間の営みの中で唯一、愛が単なる内省的な思考を超えて、硬度で健全なコミュニケーションとして働くのは文学や思想においてのみである、と私は考える。それを、如実に教えてくれたのだ。純然たる愛など、もう小説にしか宿らない時代であるのを、実感させられた。

しかし、果たしてこの作者は、やがて評価され、執筆依頼だけで生活できるようになった際に、ＣＥＯというポジションを簡単に捨ててしまうのだろうか。

私が常に小説に求めるのは、極端な主張ではなく、中立性である。同性愛を否定する気などさらさらないけれど、いつも同性愛者が主役の作品を読む際の戸惑いは、最後に収録された『新代田から』には存在しない。謎のドラッグに身を任せて、読み手の出自など、遥か彼方に消失してしまう。

書き手が男性が女性か、なんて関係ない。貧しいか裕福かも関係ない。文学的な問題は思想をも超えて（私個人はアベガーとして揶揄されてはいるが）しまうべきである。

この作者であれば、きっとそんなつまらない垣根を超えて、文学の永遠を、未来に向けて展開してくれる才能を十二分に持っていると信じている。どんなに軽薄な時代になろうとも、主人公とミニが見せてくれた濃密な愛の時間は、いかなる時代においても普遍性を持ち続ける。

著者紹介

牧野楠葉（まきの・くずは）

1993年兵庫県生まれ、27才。2016年、立命館大学映像学部卒業。短編が多数、英訳され海外の文藝誌に掲載。現在、広告代理店の社長も務める。

JASRAC 出 2105189-101

フェイク広告《こうこく》の巨匠《きょしょう》

2021年9月1日　第1刷発行

著　者　　牧野楠葉
発行人　　久保田貴幸

発行元　　株式会社 幻冬舎メディアコンサルティング
〒151-0051　東京都渋谷区千駄ヶ谷4-9-7
電話　03-5411-6440（編集）

発売元　　株式会社 幻冬舎
〒151-0051　東京都渋谷区千駄ヶ谷4-9-7
電話　03-5411-6222（営業）

印刷・製本　中央精版印刷株式会社
装　丁　　弓田和則

検印廃止

Printed in Japan
ISBN 978-4-344-93591-4 C0093
幻冬舎メディアコンサルティングHP
http://www.gentosha-mc.com/